マルが支えてくれているから、倒れることはなかったけれど、
の弾みで中に入ってしまったのだ。

「ああ、すみません」

「やっ」

指を、俺はぎゅっと締め付ける。

「抜かないで……っ」

船上ラブロマンスはいかが？

JN266016

船上ラブロマンスはいかが？

天野かづき

14113

角川ルビー文庫

Contents

口絵・本文イラスト／こうじま奈月

◆

「なんで俺こんなとこにいるんだろ……」

広いデッキの中でも、できるだけ人気《ひとけ》の少ない場所を選んで、俺は海面を見つめたままため息をついた。

海面までは遥《はる》かに遠く、船のごく近い場所が白く見える以外はこれといって見るべきものがあるわけじゃない。

ここはスイートルームのある階専用のデッキだから、比較《ひかく》的人は少ない。けれど陸地が見える右舷《うげん》側のデッキにはそれでもちらほらと人がいて、行く気にはなれなかった。もっとも、何かが見たくてこんな場所にいるわけじゃないから構わないんだけれど。

逆に、見たくもないものが山ほどあって避難《ひなん》しているといったほうがいい。

無駄《むだ》に広いジュニアスイートの部屋だとか、妙《みょう》に明るい乗客や乗員の笑顔《えがお》だとか……。

本当は明るい空も見たくない。海面が暗い青なのが唯一《ゆいいつ》の救いの気さえする。

多分、こんな暗い気分でこの船に乗っているのは俺くらいのものなんだろうな。

――超豪華《ちょうごうか》客船メリディアナ。

船が大好きなアメリカの大富豪が、自分が好きなときに乗れるように娯楽《ごらく》で造ったと言われるこの船は、まさに動く都市でありラグジュアリーホテルだった。真新しい船内は、隅《すみ》から隅まで贅沢《ぜいたく》にできていて、少し息苦しいくらいだ。

まぁ、贅沢に慣れた人たちにとっては、これ以上はない快適な空間なんだろうし、人生の記念にと乗り込んできた人間にとっては夢のような場所なんだろう。

けれど、俺はそのどちらにも当てはまらなかった。

自分の意思とはほぼ関係なく、言ってみれば上司の命令で乗ったに近い。

そして、乗りたくもないのに乗っているというこの状況《じょうきょう》では、どんなに豪華でも船は船。動く密室だとしか思えなかった。

陸地を離《はな》れた以上、次に寄港するまでは決して下りることはできない。緊急《きんきゅう》手術が必要なほどの病気にかかれば別かもしれないが、持病はないし、多少過労気味だという以外はこれといって問題のない健康状態だ。

『浅見《あさみ》君も疲《つか》れただろう。しばらく日本を離れてゆっくりしたらどうだい?』

数日前、労《いたわ》るような内容とは正反対の声色《こわいろ》で上司から告げられた言葉が、不意に耳によみがえってきて、思わずため息が零《こぼ》れる。

暗いほうへ流れていく思考を振《ふ》り切るように首を振った視界の隅で、何かが光った。

「……っ」

つられるようにそちらに目を向けた俺は、視界に飛び込んできた人物に目を瞠《みは》る。光ったと

思ったのは彼の髪《かみ》だったらしい。

「――……うーわ……」

光を弾《はじ》くような金髪《きんぱつ》。好みもあるだろうけど、日本人が欧米人《おうべいじん》に求めるものとしてはほぼ完《かん》璧《ぺき》といっていいような、精緻《せいち》なのにどこかワイルドな美貌《びぼう》。

その上、九頭身はあるんじゃないかと思う肢体《したい》は、いかにも健康そうに引き締《し》まっていて、仕立てのよさそうなサマースーツが完璧に似合っていた。人種が違《ちが》うんだからと思わず自分を慰《なぐさ》めたくなるほど腰《こし》の位置が高い。

おまけになんだろう、あの貫禄《かんろく》は。外見だけの男じゃないんだぞ俺は、って雰囲気《ふんいき》が物語ってるよ。いかにも人生の成功者って感じ……。

「……はぁ……」

だけど、感嘆《かんたん》と同時に、うんざり。

見ていると、どーせ俺は人生の敗者と成り果てた男ですよ、なんてさらにやさぐれた気持ちになってくる。

落ち込んでるときには成功者って目の毒だな……なんて考えつつぼんやりと美貌を観賞していたんだけど。

「きゃあっ！　どうしたのあなたっ？　あなたっ？」

突然《とつぜん》下から聞こえてきた悲鳴に、俺ははっと我に返った。

見ると、一つ下のデッキで誰《だれ》かがうずくまっている。

押さえているのは胸か腹か——そんなことを思ったのは走り出したあとだった。

「どうしましたか？」

「主、主人がっ、急に……っ」

倒《たお》れている男性に縋《すが》りついたまま、女性が助けを求めるように俺を見上げる。

悲鳴を上げたのはどうやらこの人らしい。主人と言うからには倒れている人物の奥様なんだろう。

「どいてください！」

俺は慌《あわ》てて、その場にしゃがみ込んで男性を覗《のぞ》き込んだ。

倒れていたのは六十代後半の日本人男性で、すでに息をしていなかった。脈もない。

とりあえず心マッサージと人工呼吸をしなければならないのは間違いなかった。

『船医を呼べ！』

その声に顔を上げると、そこにいたのはつい今しがた見た『人生の成功者』だった。

けれど、今はそんなことに頓着《とんちゃく》している暇《ひま》は一切《いっさい》ない。

邪魔《じゃま》になるジャケットをさっさと脱《ぬ》いで、患者《かんじゃ》の気道を確保する。

『何かできることはありますか？』

近くにいたらしく、慌てたように声をかけてきたスチュワードに人工呼吸を頼《たの》み、急いで心マッサージにかかる。

タイミングを合わせて十回ほどマッサージをしたときだった。

「っ……はっ……ぅ……」

「あなた……っ」

息を吹《ふ》き返した患者を、先ほどの女性が覗き込んでくる。

よかった……。ここまでくればあとはなんとかなるだろう。

ちょうどそのとき、船医が担架《たんか》を持った看護師たちとともに近づいてきた。

船医に患者の心肺が一時停止状態にあったことを告げて、担架で運ばれていく患者を見送る。

そうして、思わずほっと息を零したときだった。

『ありがとうございましたっ』

手伝ってくれたスチュワードにそう声をかけられて、俺は驚《おどろ》いた。それからやっと、ここでは自分は医者ではなく、単なる乗客だったことを思い出す。

さっきは夢中だったけれど、こうして一息ついてみると、自分は出すぎたことをしたのではないかという気がして、いたたまれないような気持ちになる。

『礼を言われるほどのことじゃないですから……』

感謝を映す瞳《ひとみ》から、思わず視線をそらしてしまう。

『いえ、すばらしい判断だったと思います。ひょっとしてお医者様ですか？』

『まぁ、その……一応は』

そう答えながら、俺の口元は苦笑《くしょう》にゆがんだ。

医師免許《めんきょ》は持っているし、職場にもまだ籍《せき》はある。職業は何かと訊《き》かれれば医者だと、そう答えるほかはない。

けれど……。

『では、私は部屋に戻《もど》ります』

そう断って、俺はその場から離れた——いや、逃《に》げ出したのだった……。

なんとなくあの場にいるのが嫌《いや》で部屋に戻ってきてしまったけれど……。

「落ち着かない……」

思わずため息をついて、ベッドにごろりと横になった。

ちらりと横目に見ると、ジュニアスイートという名にふさわしい豪華な部屋が視界に入って

ますます落ち込みに拍車《はくしゃ》がかかる。

さっきも思ったけど、結局のところ場違いってやつなんだよな。

無駄に豪華な船。無駄に豪華な部屋。

だらとしている。
けれど、一番無駄なのは自分自身だと思う。楽しむ気もないのに、こんなところでただだら
本当はきっと、次の職場でも探したほうがいいんだろうけれど、そんな前向きな気持ちにな
れないのもまた確かだった。
なんでこんなことになっちゃったんだろうな……。
何度目とも知れない思考に、再びため息をついて俺は目を閉じた。
浮《う》かんでくるのはつい一昨日《おととい》のことだ。一昨日は俺の結婚式《けっこんしき》だった。本当なら、人生のうち
で最も華《はな》やかな転機となるはずの日。
四月最初の大安は上手《うま》い具合に日曜に重なっていて、天気もよく、絶好の結婚式日和《びより》だと朝
から何度もいろいろな人に言われて……。
けれど、それは花嫁《はなよめ》である芙美香《ふみか》が失踪《しっそう》するまでの話だった。
結婚式の当日に花嫁に逃げられる。
映画やドラマじゃありがちだけど、実際にそんなことを企《くわだ》てる人間がいるなんて——その上
それが俺の結婚相手だなんて、思ってもみなかった。
芙美香は、俺が勤めている等々力《とどろき》総合病院の院長の娘《むすめ》だ。外科医をしている俺は、彼女に一
目惚《ぼ》れした、なんて言われて、勢いに押されるように付き合うことになって……。
彼女と結婚し婿養子《むこようし》に入ること。それは二十八歳の、医者としてはまだかけ出しもいいとこ

ろの俺にとってはこれ以上、望むべくもない出世だった。

芙美香がどうしてもと言い張ったから、芙美香に甘い院長がしぶしぶ同意したようなもので、本当なら俺なんかに回ってくるはずもない役回りだったのだ。

正直、あのときは恋愛《れんあい》というよりも、政略結婚的な意味合いが強かった気がする。

けれど、一年間の交際期間中はそこそこ円満だったし、当然それだけ付き合えば情も湧《わ》く。

芙美香は美人で気が強くて、金銭感覚にはついていけないものがあったけれど、医者の娘らしく、忙《いそが》しい仕事であることに理解を示してくれていた――と思っていた。

だから、まさか彼女がほかに好きな男がいたせいで、めったにゆっくりとした時間を取れないことに不満を言わなかったなんて、考えてもみなかった。

まぁともかくそんなわけで当然、式も披露宴《ひろうえん》も中止となり、一昨日は俺にとって最悪の人生の転機となったのだった。

この豪華《ごうか》客船での船旅だって、本当は新婚《しんこん》旅行として用意してあったものだったのだ。

その船に一人で乗るなんて情けないにもほどがあるけれど、勧《すす》めたのは上司であり、本当なら義父《ちち》になる予定だった相手。断れるわけもない。

『娘のことは申し訳なく思う。だが、芙美香の失踪は君にも責任があるんじゃないか？』

そう言われた挙句――。

『しばらく日本を離《はな》れてゆっくりしたらどうだい？　このまま元の職場で仕事をするのは君も

本意じゃないだろう。私としてもそのほうが……』

とまで言われたら『いえ、私は大丈夫《だいじょうぶ》です。休暇《きゅうか》を取り下げて働かせてください』なんてこと、とてもじゃないけど言えなかった。

院長としては、自分の娘の不始末の証拠《しょうこ》のような俺を、自分の管理する職場にそのまま置いておきたいとは思わないだろうし。それが暗に退職を促《うなが》す言葉だっていうことも、俺はわかっていた。

多分、この船を下りて日本に帰れば、退職願を提出することになるだろう。いや、もう提出したことにされているのかもしれない。

俺だって、同僚《どうりょう》たちの同情と好奇《こうき》の交じった目に晒《さら》されながら仕事をするなんてこと、できれば遠慮《えんりょ》したかったし……これしか方法がないってことはわかってる……。

「でも……」

――自分が担当していた患者さんだけでも、ちゃんと責任もって診《み》たかった。

こんな状況《じょうきょう》じゃ、叶《かな》わない願いだってこともわかってるし、この新婚旅行のために前もって引き継《つ》ぎはしておいたから、患者さんに迷惑《めいわく》がかかることはないと思うけれど。結局、芙美香のことも仕事のことも、全《すべ》て自分の中では中途半端《ちゅうとはんぱ》なままだ。

「帰ったら…仕事、探さないとなぁ……」

お金のかかる趣味《しゅみ》もないし、ただ仕事ばかり一生懸命《けんめい》だったせいで、蓄《たくわ》えはそれなりにあるけれど、このままじゃ親にも更《さら》に心配を掛《か》けてしまうことになる……。

「はぁ……」

そんな風に考えていると、いつまでもこの船に乗ったまま現実を見ないでいたいような、今すぐ下船して夢から覚めなければいけないような、微妙《びみよう》な気持ちになってくる。

「——ダメだ」

俺は目を開いてベッドの上に起き上がると、ぼんやりと室内に目を向けた。そして、またため息をつく。

やっぱり二人用——しかも新婚仕様のジュニアスイートに一人でいるのは、どう考えてもむなしさが増すだけだ。

こんなところにいるから、気持ちもどんどん暗くなってしまうのかもしれない。

「次の寄港地で下りよう……」

俺は自分に言い聞かせるように呟《つぶや》く。

飛行機で日本に戻って、休暇が残っているうちに身の回りの整理もして。今の職場を辞《や》めても、貯金があるからしばらくは働かなくてもなんとかなるし……。

だけど正直、今はこれ以上、仕事のことだとかこれからの身の振り方について考えても、思考がから回りするばかりで、何か建設的な考えが浮かぶとも思えなかった。

何もかもが面倒《めんどう》で、煩《わずら》わしくて……。

そうして再びベッドに横になった俺は、全てを振り切るようにして眠《ねむ》りに落ちたのだった。

◆

――トントン。

「浅見様」

「……え……？」

ドアをノックする音に、ぼんやりと意識が覚醒《かくせい》する。

「え……と……？」

何時だろう……？

見ると、窓の外はすっかり暗くなっていた。少しだけ眠るつもりだったのに、ずいぶん長い時間が経《た》っていたらしい。

――トントン。

「はい、今開けます！」

再び聞こえたノックの音に返事をしながら、俺は慌《あわ》ててドアに近づく。

開けるとドアの向こうには、東洋人のスチュワードがいた。日本人だろうかと思ってネームプレートを見ると『ＭＡＳＵＤＡ』と記載《きさい》されている。やはり日本人らしい。

「何かありましたか？」

「お寛《くつろ》ぎのところ申し訳ありません。当船のオーナーでありますマックレノンが、先ほどご尽《じん》力《りょく》いただいたお礼をと申しておりまして。よろしければディナーにご招待させていただきたいとのことなのですが」

「オーナーが？　え？　先ほどって……？」

「お客様をお助けいただいた件です。そのお礼をぜひ、と申しております」

突然《とつぜん》の展開についていけずに目を白黒させる俺に、スチュワードは根気よく繰《く》り返した。

どうやらさっき俺が余計な手出しをしたことが、船に乗っていたオーナーにまで伝わってしまったらしい。

「そんなのは別に……礼とか言われるほどのことでもないですから……」

オーナーとディナーなんて大げさな事態は、できれば避《さ》けたかった。

けれど、スチュワードはどんな命令を受けているのか、引く気配がない。

「もう夕食はお済みでしたか？」

「そういうわけじゃないですけど――」

思わずそう言ってから、嘘《うそ》でも済んだと言うべきだったとすぐに思った。けれど、それはもうあとの祭りだ。

「ならばぜひ」

にっこりと微笑《ほほえ》まれて言葉に詰《つ》まる。そこを重ねて説得されて、俺はなんだか断ることのほうが面倒に思えてきた。

ひょっとして俺が断ったら減俸《げんぽう》にでもなるんだろうかと疑いたくなるほどの勢いなのだ。

それに俺だって、この部屋でずっとじめじめ一人で不幸の数を数えたいわけじゃない。

誰《だれ》かと話をする気分じゃなかったけれど、いざとなったら英語は不得手でと誤魔化《ごまか》して、さっさと食事だけして帰ってくればいい。

説得を続けるスチュワードの言葉を右から左へと流しつつ、そう結論付けて。

「――……わかりました。行きます」

結局俺はそう頷《うなず》いたのだった。


オーナーのために造られたという部屋は、スイートのあるデッキよりもさらに一段高いデッキにあった。

距離《きょり》的にはそんなに遠くはない。階段を上がって関係者以外立ち入り禁止の通路を少し行った先。ゆっくり歩いても五分程度の距離だ。

ドアにはここがなんの部屋なのかを示すようなプレートは何もなかった。シンプルだけれど重厚なそれを、案内してくれたスチュワードがノックをしてからゆっくりと開ける。

室内を目にしたとき、俺が最も驚《おどろ》いたのはその広さでも豪華さでもなく、自分を迎《むか》えた相手に、だった。

「あ…」

光を弾《はじ》くような金髪《きんぱつ》に、精緻《せいち》なのにどこかワイルドな美貌《びぼう》。

――デッキで見た男だ…。

最初に見たときは今よりも遠目だったし、そのあとはばたばたしていてちゃんと見ていなかったけれど、この外見は見間違いようもない。

遠目で見てもすごくかっこいいと思ったけれど、こうして近くで見てみると、透明度《とうめいど》の高い海のようなグリーンの瞳《ひとみ》もあいまって、迫力《はくりょく》があるというかなんというか……圧倒《あっとう》される。

均整の取れた体は身長も、百六十五程度しかない俺に比べて、頭一つ分は確実に高い。

別に嫌《いや》な感じではないものの、緊張《きんちょう》しているのか脈がいつもより速くなっているのを感じて、俺はそっと深呼吸した。

それにしても……。

本当にこの人がオーナー――つまり、うわさの船好きな大富豪《だいふごう》なのか……？

年齢《ねんれい》は多分三十歳前後だろう。この若さで、こんな船を所有できるなんて、ちょっと考えられないことだと思う。

どうやら人生の成功者、と思ったのもあながち間違いではなかったらしいな、と俺は内心でため息をついた。

だって、やっぱり人生には勝者と敗者がいる、ってことがはっきりとわかったんだから。

「私がオーナーのアルベルト・マックレノンです。どうぞお掛《か》けになってください」

その唇《くちびる》から零《こぼ》れだした流暢《りゅうちょう》な日本語に、俺は驚いて目を瞠《みは》った。

「あの…日本語…」

「ああ、個人的に日本が好きでして。勉強したんです」

「……そう、ですか」

ダメだ…。これじゃ、英語が苦手だと言って会話を中断するという手も使えない……。

「……お招きいただきありがとうございます。浅見と申します」

示された豪奢《ごうしゃ》な椅子《いす》に腰掛《こしか》けた俺は、少し迷ったものの、とりあえず日本語で謝辞と挨拶《あいさつ》をした。

「礼を言うのはこちらのほうです。——まずは乾杯《かんぱい》を。あなたとのすばらしい出会いに」

マックレノン氏はそう言ってスッとグラスを寄せると、ファッション誌の巻頭《かんとう》が飾《かざ》れそうなほど優美な微笑《びしょう》を浮《う》かべた。

まっすぐ見つめるのもなんとなく気恥《きは》ずかしくて、白ワインの注がれたグラスに視線をそらしつつ、これで経済力もあるんだから、世の中は不公平だよなと思う。

俺のそんなちょっとした感嘆《かんたん》は、次のマックレノン氏の言葉でぱっと霧散《むさん》した。

「あなたの迅速《じんそく》な処置のおかげで、あのお客様もあのあとすぐに意識を取り戻《もど》したと船医から報告がありました。お二人ともあなたにぜひお礼が言いたいとのことでしたが、お部屋の番号をお教えしても問題はありませんか？」

「え？　いや、そこまでしてもらうほどのことではありませんし……」

わざわざお礼を言いにこられても、かえって困ってしまう。

「そんなことより、容態は安定したんですか？」

俺の問いに、マックレノン氏はなぜか少し驚いたように目を瞠ってから、ええ、と頷く。

「目を覚ましたあとは特に問題もなく、すでにご自分の部屋へと戻られたようですよ。一晩入院してはどうかと勧《すす》めたのですが、ご本人がすっかり元気になったからと。奥様もいらっしゃることですし、安静にしているならと許可したとか」

「そうですか……」

そっと置かれた前菜の皿にフォークを伸《の》ばしつつ、俺はほっと胸を撫《な》で下ろした。

自室に戻ることを許可したくらいだから、本当にもう問題はないんだろう。

心肺停止というのは大変な状態であることは間違いないけれど、まれに意識が回復したあとすぐに何事もなかったように動くことができる場合もある。

もちろんそれは、体になんの異状もないということでは決してないから、下船後はきちんと検査を受けたほうがいいだろうけど……。

聴診器《ちょうしんき》を当てたわけでもないし、検査をしたわけでもないから詳《くわ》しいことはわからないけれど、あの調子だとおそらく心臓の機能に問題があるだろうし……。

だとすると、今後もまた同じような発作《ほっさ》に見舞《みま》われる可能性もある。

俺がう～ん……と、患者《かんじゃ》の容態について考え込んでいると、マックレノン氏は少し不思議そうな顔になった。

「失礼ですが、あなたはお医者様をなさっているとお聞きしたのですが……」

「え……あぁ。はい」

昼間のスチュワードにでも聞いたのだろうか？

そう思いつつ、俺はとりあえず頷いた。

「ご自分の患者でなくとも、やはり容態は気になるものなのですか？　診察料《しんさつりょう》が出るわけでもないでしょう？」

思いもかけない言葉に、俺は一瞬呆気《いっしゅんあっけ》にとられた。

それからふつふつと怒《いか》りが湧いてくる。

「自分の目の前で人が倒《たお》れたら、それが誰であれ心配に思うのが普通《ふつう》でしょう。お金欲しさで診《み》たと思っているのでしたら、失礼させていただきます！」

俺は声を荒《あら》げてそう言うと、ガタンと音をたてて立ち上がる。

食事の席で失礼なことだとはわかっていたけれど、出会ったばかりの人間を捕《つか》まえて、まるで自分の患者さえ助かればそれでいいと思っている、冷血漢だと言わんばかりの発言をしたのだ。おまけに、謝礼欲しさの人助けだと思われていたなんて――。

けれど、そのあとのマックレノン氏の反応は意外なものだった。

「待ってください」

「え」

てっきり、俺と同じようにむっとするか、そうでなければ慌《あわ》てて失言を詫《わ》びるかのどっちかだと思っていたのに。

――なんで、笑ってるんだ……？

見ると、マックレノン氏は微笑《ほほえ》んでいたのだ。それもさっきの売り物になりそうな笑顔《えがお》じゃなくて、見てるこっちが恥《は》ずかしくなるような、とろけそうなほど優《やさ》しい微笑だった。

自分の頬《ほお》が怒り以外の理由で熱くなったのを感じて、俺は八つ当たり気味に相手を睨《にら》みつけてしまう。

すると、マックレノン氏はスッと椅子から立ち上がり、深く頭を下げたのだ。

「申し訳ありませんでした。大変失礼なことを言ってしまいました」

「な」

俺は驚きのあまり、声を上げてしまった。

それは本当に真剣《しんけん》な、とても誠意のこもったものだとわかる謝罪だったのだ。

「許していただけるようでしたら、このまま食事を最後までご一緒《いっしょ》していただけませんか？」

「え、あ…はい…。すみません、こちらも感情的になってしまって……」

しどろもどろになりながら、俺はボソボソと返答して席に着き直す。

こんな人が頭を下げて、きちんと誠意をもって謝ってくれているのに、俺がここで『許せません！』なんて騒《さわ》いだら、大人げなさすぎだもんな…。それに、最近はメディアの影響か『医者』ってお金優先で動いているようなイメージを抱《いだ》きやすいみたいだし。そう思っても仕方ないのかもしれない…。

「しきり直しで、新しいワインを用意しましょう。お酒はお好きですか？」

「は、はい」

そして、食事を再開した――んだけど。

マックレノン氏の様子が、それまでとなんだか違う感じがしたのだ。

なんだろう……？

突然距離《とつぜんきょり》が近くなったような……いや、まだ近くはないんだけど、早急に近づけようとしているような？　とにかくものすごく友好的。

いや、出会ってすぐのことだから、実はこっちが素で、さっきまでは猫《ねこ》をかぶっていたのかもしれないけれど。

「ミスター浅見、ファーストネームはなんというのですか？」

「一紗《かずさ》ですけど……」

「ではカズサ、と呼ばせてもらって構わないでしょうか？　私のことはどうかアル、と」

この台詞《せりふ》のあとにまた、あのとろけそうな笑顔。

「はぁ……」

突然かつ急速な歩み寄りに、俺としては戸惑《とまど》うばかりで、返す笑顔も思わず引きつってしまう。というか、初対面の自分より年上の人を愛称《あいしょう》で呼ぶなんてこと、俺にはちょっと無理。

「カズサ……うん、とても素敵《すてき》な名前だ」

けれど、そんな会話も続くと、なんだか舞台《ぶたい》でも見ているような気さえしてきて……。

「カズサの専門はなんですか？　外科か内科か、それとも小児科か……」

「外科です」

「道理で繊細《せんさい》な指をしていると思いました。その指に触《ふ》れられる患者が羨《うらや》ましい」

「……っ！」

あまりに芝居《しばい》がかった台詞回しに、俺はついに吹《ふ》き出してしまった。

医者を褒《ほ》める話題かと思えば、まったく違うことを言い出すし、外見からは想像も付かないようなことばかりで、一体何を考えているんだろう？

「すみません。つい……」

「やっと笑いましたね」

その言葉に俺は、やっぱり冗談《じょうだん》だったんだなと、ほっとする。

「この船に乗ったからには笑顔でいて欲しいというのが、私の願いなんです。特にカズサのような美しい人には」

「また、そういうことを…」

よくそういう台詞を笑わずに言えるものだと、俺は笑いながら答えた。

「その願いはおおむね叶《かな》っているようですね。すばらしい船だと思います。設備もですが、乗務員の方も」

「ありがとう。たとえばどんなところが気に入っていただけましたか?」

「そう──ですね……。昼間、私が人工呼吸をして欲しいと頼《たの》んだとき、少しのためらいもなく、正しい方法で人工呼吸を行ってくれましたし……」

少し迷って、俺はそう答えていた。

笑顔だとか、親しみやすさだとか、豪華《ごうか》な内装だとか、洗練された設備だとか、そういうものを挙げることはもちろんできた。実際、俺以外の乗客のほとんどは、きっとそういうところをすばらしいと思っていると思うし。

けれど、俺にとっては今言ったことが、この船で一番感心したことだったのだ。

「……ありがとう」

もう一度お礼を言われて、俺はなんだか照れ臭《くさ》くなる。誤魔化《ごまか》すように手にしたワイングラスをぐっとあおった。

――美味《おい》しい……。

きっと高価なんだろう白ワインは、さっぱりとした辛口《からくち》で、俺の好みにも料理にもぴったり合っている。こんな風に飲むにはもったいないくらいだ。

そう思った途端《とたん》くらりと、ここしばらく感じたことのない酩酊《めいてい》が頭の深いところを揺《ゆ》らした。

もともとそんなに飲むほうじゃないけれど、ここ一月あまりは結婚式《けっこんしき》の準備もあって忙《いそが》しく、アルコールを口にしていなかったせいで、ますます回りやすくなっているのかもしれない。

やばいかな…ちょっと酔《よ》いそうな気がする……。

「やはり、お医者様なだけあって、目の付けどころが違《ちが》いますね」

「医者は……辞《や》めるかもしれないんですけどね」

だから、マックレノン氏の何気ない言葉についそう返してしまったのも、多分その酩酊のせいだったのだと思う。

余計なことを言ったとすぐに思ったけれど、別にいいかと思い直すのも早かった。相手は何も関係のない、この船を下りたら二度と会うこともない人間なのだ。

そう思うと、急に心が軽くなった気がした。

「なぜ、と訊《き》いてもいいでしょうか？」

その問いに、俺は首を傾《かし》げるように小さく頷《うなず》く。

そしてゆっくりと話しだした。

芙美香のこと。結婚式のこと。職場でのこと。

マックレノン氏はところどころに相槌《あいづち》を打ち、自分が辛《つら》いかのように顔を顰《しか》め、けれど最後まで静かに聞いてくれた。

「彼女とのことは辛かったでしょうが——医者を辞めなくてもいいのではないですか？　ほかの病院へ移れば……」

その言葉に、俺は首を横に振《ふ》った。

そして迷いながらも、再び口を開く。

話してしまいたかった。それは、マックレノン氏が優《すぐ》れた聞き手だったからということ以上に、誰《だれ》かに聞いて欲しかったからだと思う。

誰にも言えなかった本当の胸の内を……。

「怖《こわ》いんです……」

「怖い？」

俺は頷くようにして、自分の手で顔を覆《おお》った。

「人を信頼《しんらい》する……信頼されるっていうのがわからなくなってしまって…」

「信頼…ですか？」

俺はこくりと頷いた。

「どうして芙美香は俺に何も言ってくれなかったんでしょう？――別れたいと、そう言ってくれさえすれば俺はちゃんと決断したのに」

結婚しようと思ったくらいだから芙美香のことは好きだったし、傷ついただろうけどそれでも向こうがもう愛はないというなら、ちゃんと話し合って別れを選択《せんたく》したはずだ。

その程度の信頼さえも、俺は得ることができなかったんだろうか？

そして、結婚まで考えた恋人《こいびと》から得られなかったものを、はたして患者《かんじゃ》から得ることができるんだろうか？

信頼できないような医者に治療《ちりよう》される患者の胸の内はどんなものだろう？

そう思ったら、医者としてやっていくことが急に怖くなってしまった。

「なんだか、自信がなくなってきてしまって……。どうせ今の職場は辞めるんだし、違う職探すのもいいかもって気がして……」

話しているうちにすっかり酔いの回った俺は、テーブルに行儀《ぎようぎ》悪く肘《ひじ》をついてしまう。頭が少し重いような感じがするけれど、決して悪い気分ではなかった。

「そうですか……」

マックレノン氏はそう言って頷くと、手ずからワインを注《つ》いでくれる。

話しているうちに食事は終わってしまい、しばらくして俺はふと給仕をしてくれていたスタッフもすでに下がっていたことに気が付いた。

「あ、ごちそうさまでした。食事もワインも、とても美味しかったです」

「よかった。私もあなたとご一緒《いっしょ》できて、楽しかったですよ」

「……っ」

普通《ふつう》にお礼を言っただけのつもりだった。なのに、俺はまっすぐに見つめ返してくる瞳《ひとみ》にたじろいでしまう。

――な、なんだ…？

その理由もわからないまま慌《あわ》てて視線をそらしながら、俺は立ち上がった。

「じゃ、じゃあもうそろそろ部屋のほうに失礼します。今日はありがとうございました」

「カズサ！」

「え？」

踵《きびす》を返そうとした途端、大きめな声で呼び止められる。驚《おどろ》いてマックレノン氏を見ると、なぜかちょっとだけ困った顔をしていた。

「……もう少し、飲んでいかれませんか？ よろしければソファに場所を移しましょう」

「でも、もう遅《おそ》いですし」

「ここにいる間は全《すべ》てが休日ですから、時間は関係ありませんよ。さあ」

なんだろう…？

俺はそこで、ちょっとだけ違和感《いわかん》を覚えた。

「美味しいワインもまだありますし、もう少しだけご一緒できませんか？」

この人はなんでこんなに必死で、俺を引き留めようとしているんだろう？

普通だったら、お礼の食事をしたら『ありがとうございました』『さようなら』――で終わりなはずじゃないのか？

「ご迷惑《めいわく》じゃないですか？」

「そんなわけありません。久しぶりに楽しい時間を過ごさせていただいたので、もう少しだけその時間を引き延ばしたいんです」

そんな風に言ってもらえると、無下に断るのは気が引けた。

俺だって話していて気が楽になったのは確かだし……少しだけだったらいいのかな…？

「カズサ」

「あ…はい」

再度そう名前を呼ばれた俺は、マックレノン氏のほうに足を踏《ふ》み出した。その途端、足元がふらついて、倒《たお》れそうになったところをマックレノン氏が支えてくれる。

「す、すみません…っ」

「いいえ。大丈夫《だいじょうぶ》ですか？」

心配そうに顔を覗《のぞ》き込まれ、俺はすぐ近くにあるグリーンの瞳にドキッとしてしまう。

「だ、大丈夫です」

とっさにぱっと体を離《はな》したけれど、やっぱり上手《うま》く平衡感覚《へいこうかんかく》が摑《つか》めなくて、俺はマックレノン氏に半分抱《かか》えられるようにしながらようやくソファにたどり着いた。

「気分が悪いということはありませんか？」

「ええ、どちらかというといい気分みたいです。ふわふわして…」

思わずそう答えた俺に、マックレノン氏は小さく笑う。

「って、すみません、迷惑かけてるのに。普段《ふだん》はこんな……酔うほど飲まないんですけど」

初めて会ったばかりの人の前で、こんな風になってしまう自分にびっくりする。学生の頃《ころ》以来かもしれない。

「それに、なんだかせっかくの食事に水を差すような話題で」

酔いもあって、最後のほうはほとんど味もわからなかったことが申し訳なくて、俺がそう謝ると、マックレノン氏は気にしなくていいと微笑《ほほえ》んだ。

「話してくださって嬉《うれ》しいですよ。話したことでカズサが少しでも楽になれたなら尚更《なおさら》」

優《やさ》しい言葉になんだか胸の辺りがふわふわとして、俺は不思議な気持ちになってしまう。

――誰にも言えないと思っていた。

こんな話をしたら、よくて同情、悪ければ嘲笑《ちょうしょう》されるのがオチだと思っていたし、そうなれば自分はますます傷つくだけだ。

そう――思っていた。

なのに、今はなぜか傷つくどころか、胸が軽くなった気がする。

ひょっとしたら、俺はずっと誰かに全てを打ち明けて、慰《なぐさ》めて欲しかったのかもしれない。

そんな風にさえ思う。

「なんか、マックレノンさんっていい人ですよね……」

「光栄です。それから――マックレノン、ではなくアルと呼んでいただけませんか？」

「アル…？」

「ええ。私がカズサと呼ばせていただいているのですから」

そういえばそうだった。ナチュラルに最初から呼ばれていたから、それが不自然なことだとまったく思わなかった。

でも、最初に挨拶《あいさつ》をしたときに、『アルと呼んでください』って言われたんだっけ…。

「ええと……アル…さん？」

「いいえ。アル、で構いません」

その頑《かたく》なな態度に、俺は思わず首を傾《かし》げた。

この人のほうが明らかに俺より年上なわけだし、呼び捨てにするのはどうなんだろう…？

外国の人にとっては普通のことなのだろうか……？

酔《よ》った頭で考えたけれど、答えが出てくるわけもなく。俺は、そんなことで逆らうのも変だと思って、思い切って呼んでみた。

「…アル」

「はい」

おずおずと言う俺に、マックレノン氏…いや、アルは嬉しそうに微笑みかけて、飲みかけだったワイングラスを落とさないように丁寧《ていねい》に手渡《てわた》してくれた。

なんだかやっぱり、呼び捨てって照れるかもしれない。外国の人は慣れているのかもしれないけれど、日本人の俺には初対面で呼び捨て（それも愛称《あいしょう》）なんてそんなに経験ないし。

「カズサと会えてよかったです」

「俺も、こうやって誘《さそ》ってくれたこと……感謝してます。……なんだか少しすっきりした気がします。あの部屋にいるとつい、そんなことばっかりいろいろと考え込んでしまうから」

最初は億劫《おっくう》に思ったけれど、来てよかったと今は心から思えた。

「カズサ、それなら一つ提案があるんですが聞いてもらえますか？」

「？　なんですか？」

俺は首を傾げる。

「旅の間、この部屋に移ってきてくれませんか？」

「え……？」

「ぜひ、そうして欲しい。今、部屋にいるといろいろと考え込んでしまうと言ったでしょう？　私も一人ではこの部屋は広すぎて……正直持て余していたんです。あなたがいてくれればきっと楽しい」

　と言われても……。

　俺は突然《とつぜん》の申し出に驚いて、回らない頭でなんとか返事をひねり出そうとした。

「そんな、そこまでしてもらう理由がないし……。えと、その、またあなたさえよければ遊びに寄らせてはもらいたいけれど……」

「もちろん、いつでも歓迎《かんげい》します。けれど、できればここにずっといて欲しいんです」

　まっすぐ見つめられて、真剣《しんけん》そのものな瞳にうろたえる。

　間近で見るアルの瞳は南の海のように透《す》き通った温かいグリーンで、黒い瞳を見慣れた俺は本気で吸い込まれそうな気さえした。

　なんでこんなに熱心に誘ってくれるのかはわからないけれど、冗談《じょうだん》で言っているのではないことは伝わってくる。

「――カズサ？　イエスと返事をしてくれませんか？」

　その上、震《ふる》えがくるような美声でそんな風に訊《き》かれて、俺はもう頭が真っ白になりそうだった。

「言ってください。旅の間ここで――私のそばで過ごしてくれると」

「そんな……そんなの」

　アルコールのせいで火照《ほて》った頰《ほお》が、ますます熱くなった気がして俯《うつむ》いてしまう。

「だめですか？」

「だめっていうか……」

いや、だめなんだけど。そんな辛《つら》そうな顔されると、はっきりとは言い辛い。

実際、だめだとは思うけれど、嫌《いや》なわけではないという微妙《びみょう》な心理状態だった。

判断力が低下しているのか、あの部屋で鬱々《うつうつ》とするくらいならと揺《ゆ》れる部分もある。

けれど、それもいいかなーと思っている楽天的な考えが、アルコールに冒《おか》されているせいだと思うくらいの、ぎりぎりの理性は残っていた。

そして、そのほんのわずかに残っていた理性が、今の状況《じょうきょう》に疑問を投げかけ続けている。

「言ったでしょう？　この船に乗っている間、あなたにずっと笑顔でいて欲しいと。そのために少しでもいい。お手伝いがしたいのです」

あれは、俺にっていうか、乗客にってニュアンスだったと思うけれど……。

なんか……なんかやっぱりおかしい。

「カズサ」

こんな風に『そばにいて欲しい』だとか『笑顔でいて欲しい』なんて言われて、睫《まつげ》の数が数えられそうなくらい近くで名前を呼ばれていると……。

「口説かれてるのかって誤解しそうになる……」

思わず零《こぼ》れ落ちた言葉に、アルが笑ったのがわかった。

「誤解ではありません」

「……え？」

俺は驚《おどろ》いて顔を上げた。その拍子《ひょうし》に、縁《ふち》からワインがこぼれそうになったグラスを、アルがそっと取り上げてローテーブルへと置いてくれる。

「あ、ありがとう」

はっと我に返ってお礼を言ったけれど、次のアルの一言で俺の思考は今度こそ、完全にストップした。

「愛に時間は関係ないと思いませんか？」

――――――――――……あい？

――――――――――。

あいってなんだ？

大きな手が頬に触《ふ》れて、顎《あご》をくすぐるように持ち上げても、俺はただ呆然《ぼうぜん》と近づいてくる瞳《ひとみ》を見つめていた。

この距離感《きょりかん》――なんだっけ？　この近さには覚えがある。

そう思ったときにはゆっくりと唇《くちびる》が俺の唇に触れていた。

――そうだ。キスのときの距離だ……。

「あ……」

ひょっとして『あい』って『愛』のことなのか？　と気が付いたのは、一度離《はな》れた唇が、今度は驚くような深さで重ねられたときだった。

そして、やっと自分がキスしている相手のことにまで考えが行き着く。

俺は今、アルとキスをしているのだ。

「っ……わ、あのっ、ちょっと……んんっ」

慌《あわ》てて止めようとしたけれど、クッション性のよすぎるソファにすっぽりとはまり込んでいて身動きが取れなかった。

その上、アルのキスは俺が今までにしたどんなキスよりも巧《たく》みで、あっという間に脈が速くなり、当然のようにアルコールの回りも速くなる。

「んっ……は……ぁ……ん、ぅ……ん、ん……っ」

やっとキスが途切《とぎ》れた頃《ころ》には、俺は自分の腕《うで》を持ち上げることもできないくらいになっていた。

アルはそんな俺の唇をそっと撫《な》で、額やこめかみ、頬に何度もキスを繰《く》り返してから、ソファにはまり込んだ俺をそっと抱《だ》き上げて、ゆっくり歩き出す。

俺はもう抗《あらが》えなかった。

体がぐだぐだだったというのもあるけれど、それ以上にもうなんかどうでもいいって気分だったのだ。

回りに回ったアルコールが、最後の理性まで押し流してしまったらしい。

ジュニアスイートにあったベッドよりも更《さら》に大きなベッドにそっと下ろされて、俺はぼんやりとアルを見上げた。

アルは俺を真上から覗《のぞ》き込み、そっと頰に触れる。

「カズサの瞳はまるで船上で見る星空のようですね。美しくて、吸い込まれそうだ」

さっき自分が思ったのと同じことを言われて、俺は思わず笑ってしまった。

「カズサ……やはりあなたには笑顔《えがお》が似合う」

「あ……」

近づいてきた唇に俺はそっと目を伏《ふ》せる。

途端《とたん》にふわふわと、アルコール特有の浮遊感《ふゆうかん》が襲《おそ》ってきた。自分が回っているような感覚。

唇への短いキスのあと、瞼《まぶた》にもキスが落とされる。

どうして俺は大人しくしているんだろう……？

「どうかクルーズが終わるまで、私にあなたの笑顔を守らせてください」

いつもだったら絶対笑い出しているはずの台詞《せりふ》だった。

けれど、瞼を上げたその先に、労《いたわ》るような微笑《びしょう》を見つけて、俺は胸を摑まれたような気持ちになる。

どこまでも誠実で真剣な瞳が、俺の目を覗き込んでいた。

優《やさ》しい、海の色。

「この部屋に移ると、約束してくれますね?」

「…………」

俺はその目から目をそらすことができないまま、気付くとまるで催眠術《さいみんじゅつ》にかかったみたいに小さく頷《うなず》いていた。

「ありがとう、カズサ」

ぎゅっと抱きしめられて、続いてキスが雨のように降ってくる。

そして、何度目かに唇に落ちたあとは徐々《じょじょ》に深くなっていった。

入り込んできた舌は、官能を引き出そうとするように俺の舌を絡《から》めとり、翻弄《ほんろう》する。

「んっ……ぁ……」

「本当に、隅々《すみずみ》まで可愛《かわい》らしい……」

そして、気付いたときには、俺の服は下着も含《ふく》め全《すべ》て取り払《はら》われていた。

アルの指がそっと首筋をたどり下りて、乳首《ちくび》に触れる。

「あっ……いや……ぁ」

円を描《えが》くように撫でられて、自分でも恥《は》ずかしいような声が零れた。けれど、酔《よ》っているせいかそれもどこか遠いところの出来事のようで、あまり抵抗《ていこう》がない。

「いや?」

アルが小さく笑う。いたずらに成功した子どものような表情だ。

「とてもそうは見えませんよ」

「あ、んんっ……」

きゅっと、いつの間にか尖《とが》り始めていた乳首を摘《つま》まれて、俺はまた声を上げてしまう。

「ほら…こんなに膨《ふく》らんで――キスを待っている」

「あっ……ぅ」

ちゅっ、とキスを落とされ舌で突《つ》かれる。

なんてことないはずだった。そんなところで感じたこともなかったし、今だって刺激《しげき》に反応しているだけだと思う。そのはずだ。

けれど、そんな風に言われて、何度も何度も舌でなぞられていると、恥ずかしいと思うせいか少しずつ下腹部に快感が流れ込んでくる。

アルは右の乳首を舌で弄《いじ》りながら、左を指先で何度も引っ張った。少しだけちりりとした痛みが走る程度に。そして俺が身をよじると、今度はなだめるように先端《せんたん》だけをそっと撫でる。

唇に含まれたほうも何度も吸い上げられて、じんじんと痺《しび》れてきた。

「な…んで……そんな…あ、あ……っ」

親指と舌で同時に押しつぶすようにされて、隠《かく》しようもなくびくりと体が震《ふる》える。

それがまた恥ずかしくて、俺は自分の手で顔を覆《おお》った。

「カズサ……顔を隠さないでください」

けれど、アルはそう言うと俺の腕を掴み、たいして力の入っていなかった俺の手をあっさり引き剝《は》がしてしまう。

ためらうことのないまっすぐな瞳に覗き込まれて、俺は嫌《いや》だと頭を振《ふ》った。けれど、まるで魅入《みい》られたようにアルから視線を離すことはできない。

「や…、恥ずかしい…っ、こんなの……」

甘えるような声が出たことにますます顔が火照《ほて》る。なんで、こんなに何もかも恥ずかしい思いをしなければならないんだろうと思う。

「恥ずかしがるようなことではないでしょう？　私は嬉《うれ》しいですよ。カズサが感じてくれて」

優しく唇を啄《ついば》まれて微笑まれると、なんと返していいかわからなくなる。

それどころか、理性も思考も放棄《ほうき》気味の頭は、そんなものだろうかとさえ思ってしまう。

「もちろん、そうして恥《はじ》らうカズサもとても愛らしいですが」

「あ……？」

――――愛らしい……？

可愛いならともかく、愛らしいなんて、子どもの時分にだって言われた覚えがないような形容詞に俺は絶句した。

目を見開いたままの俺に何を思ったのか、アルは目尻《めじり》にそっとキスを落とす。

「星空が零れそうですよ」

さっきから、日本人が言ったらギャグにしかならないはずの台詞を連発しているのに、頬《ほお》が熱くなってしまうのはなんでだろう？

アルコール？　それともこのグリーンの瞳《ひとみ》のせい？

どっちにしてもそのせいで、さっきまでの『恥ずかしい』はチャラになってしまったみたいだった。

再び胸に触《ふ》れられても、顔を隠す気にはならない。

ただただ甘い愛撫《あいぶ》に、とろとろと溶《と》かされてしまう。

「あ、んっ……」

アルの指が胸から離《はな》れてわき腹をなぞる。そっと撫で下ろされて、俺は快感を堪えるように膝《ひざ》を擦《す》り合わせた。

へその横にキスされて、腹筋が震える。そのすぐ下で、自分のものがどうなっているのか、嫌というくらいわかっていた。

「ひぁっ……あっ、やぁっ…」

ゆっくりと根元からなぞられて、信じられないほどの快感に悲鳴のような高い声が零れる。

「やっ、待って…あぁっ……あ、あっ」

「待てばカズサが辛《つら》くなるだけですよ」

優しい手で、ゆっくりと上下に扱《しご》かれて、つま先にぎゅっと力がこもった。

いきたい、けれどまだ触れられたばかりなのにと思うと、こんなに早くいってたまるかという気もする。

けれど、アルの指はそんな意地を吹《ふ》き飛ばすくらい簡単に、俺の快感を引き出してしまう。

「我慢《がまん》してここに皺《しわ》を寄せているカズサも色っぽいけれど……」

ここ、と言いながらアルは俺の眉間《みけん》に音を立ててキスを落とした。俺はいつの間にか閉じていた目を開ける。

アルのグリーンの瞳が目の前にあった。アルは少しだけ微笑むと、目尻にキスをする。

「もっと色っぽい顔が見たい」

ささやくように耳元に吹き込まれて、きゅっと先端をなぞられると、もう駄目《だめ》だった。

「あっ、あぁ――っ」

俺はきつく目を閉じてシーツを握《にぎ》りしめると、呆気《あっけ》ないくらいあっさり、アルの手の中に放出してしまう。

「は……ぁ…っ…は…っ」

これ以上もないくらい速くなる心音とともに、アルコールが体内をかけめぐっているのだろう、目が回るような感覚がする。

ベッドが揺《ゆ》れて、アルが離れたことがわかったけれど、俺は脱力感《だつりょくかん》と酩酊《めいてい》で目を開けることも億劫《おっくう》だった。

もしもそのままアルが五分、戻《もど》ってこなかったら眠《ねむ》っていたかもしれない。

けれど、アルはすぐに戻ってきて、まだ呼吸の整わない俺の髪《かみ》をそっと撫《な》でた。目を開けた途端《とたん》アルの裸《はだか》が目に飛び込んできて、ドキッとする。

スーツの上から見たのとはまた違《ちが》う、引き締《し》まった体。日頃《ひごろ》から鍛《きた》えているのだろう、生白い俺の体とはまったく違う。

「カズサ、うつ伏《ぶ》せになって」

特に逆らうこともなく、俺はアルの手に助けられてころりとうつ伏せになった。すぐに、へその下辺りにいくつかある枕《まくら》の一つが入り込んでいること、同時にその分だけ自分の腰《こし》が持ち上がっていることに気付いて顔が火照《ほて》る。

唇《くちびる》がそっと首筋をたどった。そのまま少しずつ下りて肩甲骨《けんこうこつ》や背中の窪《くぼ》みを吸い上げられる。ちゅっ、と音がするたびに肩《かた》が震えて、心臓の音が大きくなる気がした。

そして。

「あ…………っ」

俺は息を飲んでシーツを握る手にぎゅっと力を込《こ》めた。

アルの手が俺の尻に触れたのだ。

「怯《おび》えないで」

アルの声は優《やさ》しかったけれど、それでも俺は初めてのことにどうしていいかわからずただ震えることしかできない。

もちろんそこに前立腺《ぜんりつせん》があって、触れられれば快感があるのだということはわかっていた。

とはいえ、知識はあってもそんなところに触れられたことは一度もない。

「傷つけるつもりはありません。ただ愛し合いたいだけです」

愛し合う、という言葉に反射的に頰が緩《ゆる》む。

けれど、一瞬弛緩《いっしゅんしかん》した体はゆっくりとそこを両手で押し広げられると、再び硬《かた》くなってしまう。

物心付いてからは誰《だれ》にも見られたことのない場所を覗き込まれて、羞恥《しゅうち》に脈が速くなる。

「っ…や…やだっ」

生暖かいものが狭間《はざま》に触れた。

それがアルの唇であり、舌であることに気付いて俺は身を捩《よじ》る。

「やめてくださ……っ、やっ……そんな…っ」

舌がそこを探《さぐ》る感触《かんしょく》に、膝ががくがくと震えた。その上、アルは俺のそこを舌でゆっくりとほぐすようにしてきて……。

「やっ、やだやだ…ぁっ」

内部に入り込んでくる舌先に、俺はとっさに逃《のが》れようと膝を立てた。

けれど、そのせいで逆に開いてしまったのか、一度は離れた舌先が次の瞬間、さらに深くまで入り込んできてしまう。

「やぁ……う…っ」

あまりのことに俺はついに泣き出してしまった。アルコールで涙腺《るいせん》が緩んでいるせいだろう。

――そう思いたい。

アルは、俺が泣き出したことにびっくりしたらしく、すぐに俺の顔を覗き込んできた。

「カズサ？……ああ、泣かないでください」

「っ…ひっ……ぅ……っ」

アルは俺の体を抱《だ》き起こすと、ぎゅっと抱きしめてくれる。

そのことに、自分でも驚《おどろ》くくらい安堵《あんど》して、俺はその背中を抱き返した。

「すみません。カズサがどこまでも可愛《かわい》らしく……きれいだからつい口付けてしまいました。そんなに嫌でしたか？」

なだめるように頭を撫でながら、耳元に小さなキスを繰《く》り返す。

「っ……や、やだ…って…言ったのに……っ」

「すみません」

「あ…あんなとこ……駄目なのにっ……」

「ええ、私がいけなかったですね」

俺が嗚咽《おえつ》交じりに責めたてる言葉に、いちいち律儀《りちぎ》に謝られて、俺は結局責め続けることもできず黙《だま》り込んでしまう。

「ああ、やっと泣き止《や》んでくれましたね」

アルは俺が口をつぐんだのを見計らってそっと体を離し、涙《なみだ》のたまった目尻《めじり》にキスをした。

「すみませんでした。けれど、わかってください。カズサがあまりにも可愛く、どこもかしこもきれいだから――あなたを愛するがゆえにしたことだと……」

これ以上もなく真剣《しんけん》な面持《おもも》ちで言われて、俺は少し躊躇《ちゅうちょ》したものの、結局は小さく頷《うなず》く。

「指で触れることは許してくれますか？」

その問いにもしぶしぶながら頷いた。

舐《な》められることを考えたら何倍もマシだと思えて……。

けれど、やっぱりその考えは甘かったのだと、俺はすぐに思い知らされた。

再びうつ伏せに横たえられた俺は、アルに促《うなが》されるまま足を開く。腰の下にはやはり枕を当てられていて、相当に恥《は》ずかしかったけれど舐められるよりはましだと自分に言い聞かせて耐《た》えた。

唾液《だえき》で潤《うるお》いを与《あた》えられたそこに、そっとアルの指が触れる。

「ん……んっ」

表面を撫でられると、それだけで体が震《ふる》えた。

「あっ」

とろりと何か液体状のものが垂らされて、驚いて顔を上げる。

「ローションです。危険なものではないので安心してください」

アルはそう言って、ゆっくりとそれを狭間《はざま》に塗《ぬ》りこめる。

固く結ばれた場所も、何度も何度も撫でられているうちに少しずつ綻《ほころ》んでいく。

やがてそこに一本だけ指が入ってきた。

「はっ……ん」

痛みはない。けれど、強烈《きょうれつ》な違和感《いわかん》があった。思わずぎゅっと締め付けてしまうと、なだめるように背中にキスが落とされる。

ゆっくりと中を探るように動く指に、少しでも体の力を抜《ぬ》こうと細く息を吐《は》いた。

そのときだった。

「あぁっ……」

今までに感じたことのないような圧倒《あっとう》的な快感に、俺はびくりと体を揺らした。

すぐに前立腺に触《ふ》れられたのだと気付く。

アルも当然わかっているのだろう。何度も何度もそこを擦《こす》られる。

「あっ、ん……あぁ……っ」

与えられる快感を堪えるように、ぎゅっと枕を抱《かか》え込んだ。

アルの指が二本に増えても、それは変わらなかった。ローションにまみれたそこは、すでに拒《こば》むこともできずにそれを受け入れている。

痛みはなく、ただ純粋《じゅんすい》な快感がある。

確かに、舐められるよりはマシだけど、こんな風に腰から下の感覚がなくなりそうなくらい指で弄《いじ》られて、俺はすぐに息絶え絶えといった状態になった。

「あ……ひう、んっ」

二本の指を内部で広げられて、その間に温められたローションをとろりと垂らされる。

どうやら温感性があるらしいローションのせいで、ただでさえ塗りこめられた場所が火照《ほて》ったように熱いというのにそんな風にされたら……。

「熱い…ぉっ……」

中に流れ込んでくるものに、俺が不安になって腰を揺《ゆ》らめかせる。

「大丈夫《だいじょうぶ》。心配しなくていいですから」

けれど、そんな風に優しく言われると、本当に大丈夫なのだろうという気がしてしまって……。

「指を増やしますよ。痛かったら言ってくださいね」

まるで医者のような台詞《せりふ》を口にしたあと、アルは広げた指の間にもう一本別の指を挿入《そうにゅう》してきた。

「あっ……あっ……っ……」

新たに入ってきた指で前立腺に触れられて、俺は怖《こわ》いほどの快感に震える。

腰《こし》の下に入っているほうの枕《まくら》は、ローションと先走りですでにべっとりと濡《ぬ》れてしまっていた。

そのことを恥ずかしいと思うのに、中で指が動かされるたびに、俺はその濡れた部分に腰を擦《こす》り付けてしまう。

「――もうよさそうですね」

「や……あぁっ……」

ぐちゅりといやらしい音がして、指が抜かれる。飲み込めなかったローションが中から溢《あふ》れ出す感覚に、俺は羞恥を感じて首を横に振《ふ》った。

「すっかりとろけて……ほら、入口もふっくらとしていますよ」

「そん、なこと……んっ」

否定しようとしたけれど、実際そこはもうそっと表面を擦られただけでアルの指に吸い付くくらい、しっかりと慣らされてしまっていた。

その入口に、アルのものが触れる。

俺はぎゅっと目を瞑り、枕にしがみついた。途端《とたん》、アルがなだめるように背中に触れてくる。

「カズサ、力を抜いていてください。――怖がらないで」

アルの言葉に、俺はなんとか力を抜こうと息を吐いた。

「あっ、あぁ――――……う……んっ」

ゆっくりと、アルのものが中に入り込んでくる。

それは、指とは比べ物にならないくらいの質量だった。

けれどさっきまで散々慣らされていたおかげか、痛みはほとんどない。ただ、苦しいような圧迫感《あっぱくかん》があった。

もう全部入りきっただろうかと思ったところで、また嘘《うそ》みたいに奥に入り込まれて……。

最後にアルが俺の腰を持ち上げるようにして全てを収めたときには、思わず安堵のため息が漏《も》れてしまった。

そして……。

「カズサ……愛しています」

アルはその言葉が合図だったみたいに、ゆっくりと動き出した。

「あっ、あっ、ああ……っ」

奥のほうを突《つ》くように小刻みに動いたあと、ずるりと抜き出されて膝《ひざ》ががくがく震える。

入口から少し入ったところにある前立腺《ぜんりつせん》を擦られると、意識が飛びそうなくらい感じた。

何度も何度もその部分を行き来したあとは、また一番奥まで貫《つらぬ》かれて……。

「あっ、だめっ……あ…っ」

強すぎる快感にすっかり膝が立たなくなった俺を、アルの手が引き上げるように揺さぶる。

「ひっ……だ、めっ」

その上、奥まで突き入れられて、俺は悲鳴を上げた。

「やぁっ…もう、許して……っ」

こんなのは知らない、と思う。

こんなセックスも、こんな快感も、全部。

おかしくなりそうなくらい気持ちがよくて——いや、実際少しおかしくなっていたかもしれない。

「カズサ……っ」

初めて聞く、切羽詰《せっぱつ》まったようなアルの声。それだけで、胸の奥がぎゅうっと熱くなって……。

「あ、もう、や……あっ、あぁぁっ」

前には触れられないまま、俺は絶頂に達してしまったのだった……。

◆

「ん…」

明るい……。

なんでこんなに明るいんだろう……？

俺、ひょっとしてカーテン閉め忘れた？

いつも寝室《しんしつ》は、ぴっちりと遮光《しゃこう》カーテンを閉めて眠《ねむ》っている。

というか、あのカーテンはもうずっと開けていない。帰ってきて眠るだけの生活だ。職業柄《がら》休みは不定期で、当直次第《しだい》では昼間に眠ることもあるし、閉めておいたほうが都合がいい。

なのに、なんで……？

このままじゃとてもじゃないけど眠っていられないと、俺は諦《あきら》めて体を起こそうと――した。

「っ……」

途端、頭が割れそうなほど痛んで、俺は再びベッドに沈《しず》み込んでしまう。

おまけに、よくわからないけれど腰が異様に重い。

「なんで…？」

そう考えて、はっと俺は目を瞠《みは》った。

頭痛と腰痛《ようつう》のせいで体を起こすことはできなかったけれど、眠気《ねむけ》はすっかり去っていた。

――そうだ。俺は昨夜《ゆうべ》……。

酒を飲んだあとのことを思い出すと、一気に血の気が引いていく。

「俺、なんてことを……」

呟《つぶや》いた声は、自分のものとも思えないほど低かった。

アルコールに喉《のど》が焼けた、だけならまだいい。けれどこれは……。

『あっ、ん……あぁ……っ』

昨夜自分が上げたあられもない声が、耳によみがえって、俺は死にたくなるような羞恥《しゅうち》に震《ふる》えた。

なんで、なんで俺はあんなことをしてしまったんだ……？

男に、それも初対面の相手に、従順に身を任せた昨夜の自分が、俺は信じられなかった。

「……っ」

酔《よ》っていたとか、疲《つか》れていたとか、誰《だれ》かに慰《なぐさ》められたかったとか……。

そんな言葉で片付けられるとは思えなかったけれど、それ以外に理由は考え付かなくて、自分の心の弱さに眩暈《めまい》までする。

――おまけに、なんで俺は全部を覚えているんだ！

かなり残念なことに、俺は酷《ひど》く酔っても決して記憶《きおく》をなくすタイプじゃない。完璧《かんぺき》に、とはいかないが、それでもほとんどのことを克明《こくめい》に思い出すことができる。

だから昨日、自分が何をされて、どんな風になったかも全《すべ》て……。

「カズサ？　起きましたか？」

「…あ」

自己嫌悪《けんお》のあまり頭を抱《かか》えていた俺は、背後に感じた気配にはっと身を強張《こわば》らせた。

そうだ…ここはまだ……。

俺が恐慌《きょうこう》状態で硬直《こうちょく》している間にも、足音はどんどん近づいてくる。

そして、ベッドに軽い衝撃《しょうげき》が伝わったのとほぼ同時に、アルの手が俺の髪《かみ》に触《ふ》れた。

いっそ寝《ね》た振りをしたいくらいだったけれど、がちがちに緊張《きんちょう》していた俺の体は、大げさなくらい震えてしまう。

俺は諦めて、寝転《ねころ》んだまま恐《おそ》る恐る声のするほうを振り仰《あお》いだ。

「おはよう、カズサ」

シャワーを浴びたのか、バスローブ姿のアルは輝《かがや》くような微笑《びしょう》でそう言うと、なんのためらいもなく俺にキスをした。

しかも、朝の挨拶《あいさつ》と同時にするにはどう考えてもふさわしくないくらい、舌まで入れた濃厚《のうこう》なヤツを。

「っ……ちょっ……んんーっ」

振りほどこうにも、上から覆《おお》いかぶさられているという体勢は不利だし、頭は痛いし、体はだるいし……。

結局、俺はアルの好きなように翻弄《ほんろう》され、朝から涙目《なみだめ》になるほど濃《こ》いキスを堪能《たんのう》させられてしまったのだ。

けれど、ここでくじけるわけにはいかないだろう。どう考えても。

俺はキスが終わるとなんとか体を起こす。アルの手を借りなければならなかったのは不覚としか言いようがないけれど、やむをえない。

「アル……いえ、マックレノンさん」

「カズサ、昨夜も言いましたが私のことはアルと——」

「そのっ、昨夜のことでお話があるんです」

俺はアルの言葉を強引《ごういん》に遮《さえぎ》って、真面目《まじめ》な表情でそう言った。けれど、その目を見ることに耐《た》えられず視線はどうしても少しずれてしまう。

自分がどれだけ最低のことを言おうとしているか、自覚はあった。

それでも、このままずるずる関係を続けてしまうことのほうが、更《さら》に問題があるだろう。

「どうしたんですか？　カズサ」

「あの…」

微笑みを絶やさないアルに罪悪感を覚えながらも、俺は覚悟《かくご》を決めて口を開いた。

「……昨夜俺は酔ってました。あんなに酔ったのは学生時代以来だというくらい……」

「ええ。とても可愛《かわい》らしかったですよ。たまにはああして発散することも大切だと思います」

「っ……」

アルのどこまでも優《やさ》しい言葉に怯《ひる》みつつ、俺は気合いで言葉を続ける。

「どうか謝らせてください……っ。昨夜のことは全て、酒の席の上での過《あやま》ちです。醜態《しゅうたい》を晒《さら》して申し訳ありませんでしたっ」

俺はそこまで言い切って、頭を下げた。

途端《とたん》にがんがんと頭が痛んだけれど、そのままの姿勢でアルの言葉を待つ。

しばらく、アルは何も言葉を発しなかった。考えているようにも、ただ呆然《ぼうぜん》としているようにも思える沈黙《ちんもく》。

長すぎる沈黙に、俺がもう一度謝ろうと、口を開きかけたときだった。

「全てを忘れろと言うのですか？」

「………はい」

「それは無理です」

俺の返事に、アルはあっさりとそう言い切った。

驚《おどろ》いて顔を上げると、あのグリーンの瞳《ひとみ》がまっすぐに俺を見つめている。

「私はもう、カズサを愛してしまいました。言葉一つ、表情一つさえ、忘れることはできません」

その言葉にかっと、頬《ほお》が熱くなった。

愛しているという台詞《せりふ》と、その瞳は、嫌《いや》でも昨夜のことを思い起こさせる。

「カズサが全てを忘れても、私はカズサを愛しています」

「そんな……そんなこと、言われても……」

きっぱりとしたアルの態度に俺は困惑《こんわく》し、また目をそらしてしまう。

正直、こんな風に食い下がられるとは思ってもみなかった。

怒《おこ》られたり呆《あき》れられたり……軽蔑《けいべつ》されることは想像できたけれど、それでも愛しているなんて俺だったら絶対に言えないことだと思う。

第一俺は男で、アルも男。その上、昨日会ったばかりでお互《たが》いのことなんて何も知らないのだ。

それなのに……なんでこんな風に言えるのだろう？

わからなかった。

けれど――――。

「……昨夜のことは本当に申し訳なかったと思っています」

俺はできるだけはっきり、自分の気持ちを伝えよう、と思い直した。

逃《に》げるんじゃなくて、わかってもらわなければならない。

俺はそらしていた視線を上げて、アルをまっすぐに見つめる。

「忘れて欲しいと言ったことも、謝ります。でも、俺は……その気持ちに応《こた》えることはできません。この船も次の寄港地で下りて、すぐ日本に帰るつもりです」

アルはしばらく黙《だま》って俺を見ていたけれど、俺がそれ以上何も言わないのを察すると、小さくため息を零《こぼ》した。

「わかりました」

その答えに、俺はほっと胸を撫《な》で下ろす。

けれど、ここでほっとするのは早すぎたのだ。

「つまり、私がカズサを愛《いと》しいと思う気持ちについては、なんら問題はないということですね」

「え？」

なんでそういう解釈《かいしゃく》になるのかがわからず、俺は目を瞠《みは》った。

確かに『応える気がない』のは俺のほうの問題で、アルの気持ちとは関係ない……かもしれないけれど……。

「幸い、次の寄港地であるシンガポールまでは六日の猶予《ゆうよ》があります」

混乱する俺をよそに、アルは続けてそう言うとにっこりと微笑む。

――なぜだろう？　幸い、という言葉が出たことに、俺はなんとなく嫌な予感を覚えて身震《みぶる》いする。

「六日間この部屋でカズサが過ごす間に、私はカズサを振《ふ》り向かせてみせますよ」

「……は？」

自信満々という顔で微笑まれ、俺はぽかんとアルを見つめた。

振り向かせてみせるって……。

いや、それ以前に――。

「この部屋で過ごす間……？」

「昨夜《ゆうべ》約束したでしょう？　この部屋に移ってくれると」

脳裏《のうり》に昨夜のことがぱっと浮《う》かびかけたのを、必死で払《はら》いのける。

そう約束……した。確かにした。あの部屋にいるよりもいいかと、そう思って……。

けれど、あのときとはもう、状況《じょうきょう》が違《ちが》う。

自分を好きだという男と六日も同じ部屋で生活なんて、できるわけがない。

「しましたけど、それはだから、酔《よ》っていたから――」

「それでも、約束は約束です。それに、あの部屋はすでに、部屋のグレードアップを望んでいた別のお客様が移っていますし」

「は？」

またしても俺は呆然とした。口も開いていたかもしれない。

「だって……俺の荷物は…」

「ええ、ここに」

なんの問題もないというように示された先には、今まで気付かなかったけれど、確かに俺のスーツケースがある。

しばらくその荷物とアルの笑顔《えがお》を見比べて……俺は腹の底がかっと熱くなるのを感じた。

「ふざけるなっ！……っつ…」

思い切り怒鳴《どな》りつけてしまって、俺はあまりの頭痛にベッドへ倒《たお》れ込む。

「大丈夫《だいじょうぶ》ですか？」

心配そうに覗き込むアルの顔が涙《なみだ》で滲《にじ》んだけれど、俺はその情けない体勢のままアルをキッと睨《にら》みつけた。

「なんで、勝手にそんなことを……」

「勝手に、ではありません。約束したからです。あなたは、午前中いっぱいは起き上がれないだろうと思いましたし」

なんの悪気もない顔で言われ、その上ベッドの横に用意されていた液状の二日酔いの薬を勧《すす》められて、ますます情けない気持ちになる。

まったく俺は何をやっているんだ……。

そう思いつつも、あまりの痛みに意地を張る気になれず薬を受け取る。

背中を支えられるようにして起き上がり、薬を飲んだときには怒りよりも自己嫌悪《けんお》のほうが強くなっていた。

もともと怒りが持続するタイプでもない。というか、怒ること自体あまりない。昨日からアルに対して二度も怒っていることがおかしいくらいだ。

「さぁ、横になって……」

そんなことを考えているうちに、薬の空《あ》き瓶《びん》を取り上げられ、半ば強引《ごういん》に横にさせられる。

けれど、実際起き上がっているのが辛《つら》いのも事実だったので、大人しく従った。

俺の部屋にほかの客が移っているというのが、事実なのかはわからない。むしろどこにも寄港していない状況なのだし、真偽《しんぎ》は五分五分というところだろう。

とはいえ、オーナーの言うことなのだから、誰《だれ》に話をしてもあの部屋に戻《もど》ることはできないように指示されているに違いない。

俺はベッドの中で深いため息をついた。

アルはそれを痛みのせいだと思ったのか、俺の頭をそっと撫でると労《いたわ》るように微笑《ほほえ》む。

「寝《ね》ていればすぐによくなりますよ」

「…………」

あなたに言われたくないと、一瞬《いっしゅん》反発心が頭をもたげたけれど、俺は黙って目を伏《ふ》せる。

自分が言うならともかく、そんな台詞を人に言われたのはすごく久しぶりな気がした。

「――口説くだけ無駄《むだ》だと思います」

最後にそんな憎《にく》まれ口を叩《たた》いた俺を、アルがどんな顔で見ていたかはわからない。

けれど。

「怒った顔も可愛《かわい》らしいですね」

という言葉からは、気落ちした様子は全く窺《うかが》えなかったのだった……。

今までの価値観が、全部ひっくり返りそうだ……。

◆

「おはようございます、カズサ。よく眠《ねむ》れましたか?」

朝起きてベッドルームを出るとすぐに、初対面では話しかけるのに気後《きおく》れしそうなほどの美《び》貌《ぼう》を持った男がそう訊《き》いてくる。

「おはようございます」

頷《うなず》いて挨拶《あいさつ》を返すと、にっこりと微笑《びしょう》が返ってきた。

洗面所に向かう俺の隣《となり》を歩く姿は、朝だというのに一分の乱れもない。

そして、たかが洗面所に行くだけだというのに、自分でドアノブに触《ふ》れる機会もないほどのエスコート。もちろん、顔を洗ったあとのタオルを、目を瞑《つぶ》ったまま探《さぐ》る必要もない。

アルは大富豪《だいふごう》のお坊《ぼっ》ちゃんで、日常ではこんなこと、他人にするよりも自分がされる側なはずだ。なのに毎日毎日こうやって、当たり前だとでもいうかのように、それも嬉《うれ》しそうに俺の世話をし続けている。

「カズサ、ダイニングに行ってますね」

「うん…」

優《やさ》しい声音《こわね》に返事をして、ふかふかのタオルで顔を拭《ぬぐ》ってから、ダイニングへ向かうと、そこにはすでに朝食の用意が調っていた。

クロワッサンとソーセージの添《そ》えられたスクランブルエッグ、温野菜のサラダ。オレンジジュースと冷たいミルク。

メニューは全《すべ》て夜のうちに伝えてあったもので、和食がいいと言えば白いご飯に味噌汁《みそしる》と塩《しお》鮭《ざけ》、海苔《のり》と温泉卵に番茶というようなメニューも可能だ。

「どうぞ、カズサ」

「ありがとう、ございます…」

またもや当たり前のようにして、椅子《いす》を引いてもらって腰掛《こしか》ける。それを見届けたあと、アルは俺の向かいの椅子に座り、大きくて指の長い手でフォークを持った。

指の先まできれいに整えられたその手を見ていると、つい先日の夜の出来事を思い出しそうになって、俺は慌《あわ》てて食事に集中することにした。

「い、いただきます」

「召《め》し上がれ」

――アルの部屋に寝泊《ねと》まりすることになってからもう四日が経《た》った。

部屋、と一口で言っても、ここには寝室《しんしつ》が二つあるから、同じ部屋で寝起きしているという感覚はあまりないけれど。

アルは口説くと言った言葉通り、耳にタコができそうなほど愛していると繰《く》り返し、嫌《いや》というぐらいに俺を甘やかしている。

とはいえあの晩以来、軽いハグや挨拶程度のキスはあっても、それ以上のことをしようとはしないし、寝室にも入ってこないからその辺は安心している。

ただ、朝寝室を一歩出た瞬間《しゅんかん》から、夜寝室のドアを閉めるまでは、どこに行くにも必ずエスコートしようとするのは困りものだった。

ちょっと風に当たりたいとデッキに出るにも、必ずついてくるぐらいだから、さすがに少し鬱陶《うっとう》しく感じることもある。

……けれどその反面、以前のように一人で落ち込んだりする暇《ひま》がないことも事実だった。

「今日はどうしますか？」

「特に決めてないですけど……」

サラダに入っていた蒸《む》し鶏《どり》をフォークで突《つつ》きながら、俺は小さく首を振《ふ》った。

「なら、ギャングウェイを見て考えましょうか。アイススケートのショーやミュージカルもいいですし、晴れていますから、サンデッキに出るのもいいかもしれませんよ」

笑顔を向けられて、俺は曖昧《あいまい》に頷く。

ギャングウェイっていうのは、本来は船の乗降口のことだけれど、メリディアナの船内新聞の名前でもある。

毎日発行されるそこには、今日行われるショーやレッスンなどのスケジュールから、ちょっとしたお知らせまで、さまざまなことが事細かに記されている。

船での催《もよお》しは本当に多彩《たさい》で、隅《すみ》から隅まで読もうと思ったら三、四十分かかるんじゃないかと思う。

ちなみに、昨日はアルに勧《すす》められて著名なバイオリニストのコンサートを鑑賞《かんしょう》したのだけれど、とてもすばらしいものだった。もともとクラシックに限らず音楽は嫌《きら》いじゃない。けれど、医者になってから――いや、その前の医学部の時代から、忙《いそが》しくてコンサートはもちろん、部屋でゆっくりと音楽を聴《き》くような時間すらもほとんどなかった。

休みの日には芙美香の相手をしたり、勉強会に参加したり。学会などで院長のお供をすることもあったし……。

「それとも、ライブラリーのほうへ案内しましょうか？　本を借りてデッキでのんびり読書というのは？」

「あ……ライブラリーがあるんですっけ」

そういえば、パンフレットにそんなことが書いてあった気もする。

「ええ。船に関するものが多いですが、日本語の本もたくさんありますよ。寄港地に関してのものや写真集などもありますし」

アルは、俺が興味を持ったとわかるとすぐに詳《くわ》しいことまで説明してくれる。

「じゃあ、行ってみようかな」

そして、俺がこう言うと、すごく嬉しそうな顔になる。

俺がアルの出したプランに乗ったのが嬉しくてたまらない、という顔だ。

正直、俺はアルのこの表情に弱い……らしい。

どんな口説き文句より雄弁《ゆうべん》だとさえ思える。アルの口説き文句は俺には冗談《じょうだん》みたいに聞こえるけれど、こんな表情をされると疑ったり、冗談で流したりするのは卑怯《ひきょう》なんじゃないかって……考えてしまう。

けれど地位も財産も恵《めぐ》まれた容姿も——全てを持っている相手がどうして俺なんかの態度に一喜一憂《いっきいちゆう》するのかわからないのもまた本当で……。

「ライブラリーは一日中開いているから、支度《したく》ができたら出かけましょうか？」

その問いに、俺は何も言えないまま ただ頷いた。

食後のコーヒーまでゆっくりと堪能《たんのう》してから、俺はアルの案内で第三デッキにあるライブラリーへと向かう。

全体的に重厚な雰囲気《ふんいき》のライブラリーは、思った以上に広く、本は全て扉《とびら》のついた棚《たな》に収納されている。

「揺《ゆ》れを防止する装置があるといっても、天候が崩《くず》れれば多少は揺れますからね。万が一にも本が棚から落ちたりしないようになっているんですよ」

アルの説明に頷きつつ、棚の間をゆっくりと巡《めぐ》る。

英語からドイツ語、フランス語、日本語など、いろいろな文字で書かれた背表紙を眺《なが》め、まるで美術品のような作りの表紙に感嘆《かんたん》したりもする。

もちろんそういった美術品のような本ばかりではなく、手に取りやすい文庫や、アルの言っていた写真集なんかも置いてあった。

「あ、ミステリーもある。——豪華《ごうか》客船で消えた死体……って」

裏表紙のあらすじを読んで俺は思わず顔を顰《しか》める。

いいのか、こんなの置いておいて。

俺の何か言いたげな視線に気付いたのか、アルはくすりと笑った。

「意外とそういった本を好むお客様もいますからね。退屈《たいくつ》は船旅の敵ですから。今回はないですが、ショートクルーズではそういったミステリーツアーを用意することもあるんですよ」

「そうなんですか」

「興味ありますか？」

「うーん……」

本当に殺人事件が起きた、なんていうのは参るけれど、俺もミステリーは結構読むほうだし……。

「まぁ、ツアーだってわかっていれば楽しいかもしれませんね」

犯人捜《さが》しだとか、そのための証拠《しょうこ》集めだとか、考えると少しわくわくしないでもない。

そう言ってアルを見上げると、アルは少し目元を緩《ゆる》めて俺の手をそっと取った。

「もちろん、実際に事件が起きたときは、私が必ずカズサを守ってみせます。――この命に代えても」

ちゅっ、と手の甲《こう》にキスを落とされて俺はかぁっと顔が熱くなるのを感じた。

「じ、自分の身ぐらい自分で守れますっ」

ぱっとアルの手から自分の手を抜《ぬ》き取って、俺は足早に歩き出す。

幸い周囲に人の気配はなかったけれど、恥《は》ずかしくてそのまま同じ場所にとどまっている気にはなれなかった。

「カズサ？　そんなに急ぐと転びますよ」

「転びませんっ」

くすくすと笑い声が聞こえて、俺は歩きながら一瞬《いっしゅん》だけ振り返ってアルを睨《にら》みつけた。

なんでやった本人はそんなに平然としていられるのかと、なんとなく理不尽《りふじん》な気持ちになる。

「うわっ」

けれどその途端《とたん》、ふかふかの絨毯《じゅうたん》につま先が引っかかって、転びそうになった俺は駆《か》け寄ったアルに片手で腰《こし》を抱《だ》くように支えられてしまう。

おかげで、転倒《てんとう》は避《さ》けられたわけだけれど、転ばないと言い返したばかりだったことと、再

びの接触《せっしょく》に、俺はますます顔が熱くなってしまう。

「大丈夫《だいじょうぶ》ですか？」

顔を覗き込まれて、恥ずかしさのあまり俺は礼も言えずにアルから目をそらした。

「……大丈夫ですから、手を離《はな》してください」

「私としてはぜひ、もう少しこのままでいたいのですが」

腰を抱く手に少しだけ力が入って、髪《かみ》にそっとキスをされる。

「駄目《だめ》ですっ、離してください」

俺はアルの胸に手を突いて、体を引き剝《は》がした。

キッと睨みつけると、アルは心底残念だというようにため息をつく。

「……カズサが余りにつれないので、私に同情してくれたのかもしれませんね」

「は？　同情って……誰《だれ》がですか？」

突拍子《とっぴょうし》もないとしか言いようのない台詞《せりふ》に、思わず問い返すとアルはいたずらっぽく微笑《ほほえ》んだ。

「絨毯が、ですよ」

「…………馬鹿《ばか》馬鹿しい」

俺は今度こそ振《ふ》り返らずに、そのままライブラリーを出る。

アルときたら本当に一日中こんな調子で、俺の心は休まる暇《ひま》もないくらいだ。

それでいて本人はやっぱり平然としているのがまた、なんというか腹立たしいような……。

そんなことを考えつつ、ずかずかと当てもなく歩いていた俺が、手にさっきのミステリー小説を持ったままだったことに気付いたのは、デッキに出てからだった。

「あ……これ」

「貸し出しもできますから大丈夫ですよ。せっかくですから、このまま読書でもしましょうか？」

当然のようについてきていたアルに、何事もなかったかのようにそう言われて、俺も怒《おこ》っているのが馬鹿らしくなってしまう。

「それもいいかな」

俺が素直《すなお》に頷《うなず》くとアルはすぐに、嬉《うれ》しそうに微笑む。その表情に、俺の胸は不覚にも少しだけ締《し》め付けられてしまう。

「では、こちらに――」

「あと……っ」

どこかへ案内しようと踵《きびす》を返したアルの背中に向けて、俺がそう声をかけてしまったのも、多分そのせいだろう。

「さっきは助けてくれてありがとうございました」

振り返ったアルに小声でそう言うと、アルは少し驚《おどろ》いたような顔になった。

「どういたしまして」

そして、くすぐったそうな顔でそう言うと、再びゆっくりと歩き出す。

その耳元が少しだけ赤くなっている気がして、なんだかつられて恥ずかしくなった。

別に、それほど変なことを言ったつもりはなかったんだけど……。まぁ、タイミングは遅《おそ》かったかもしれないが。

そんなことを考えつつアルについて行くと、案内してくれた先は、デッキの中でも読書向きに人気《ひとけ》の少ない場所だった。

「飲み物はどうしますか？　アルコールも用意できますよ」

並べられた椅子《いす》に、勧《すす》められるままに腰《こし》掛《か》けるとすぐにそう訊《き》かれる。

休暇《きゅうか》なのだから構わないのかもしれないけれど、やはり午前中からアルコールなんて、という気もして、無難にアイスコーヒーを頼《たの》むことにした。

アルは頷いて船内にいたスチュワードにアイスコーヒーを二つ頼《たの》み、自分も隣《となり》の椅子に腰掛ける。

「あの、俺ここで本読んでるだけですから、付き合ってくれなくても……」

「ここでこうしてカズサを見守っていることが、私の幸福なんです」

あっさり言い返されて、俺はぐっと言葉に詰《つ》まった。

いい加減この人のクサイ台詞にも免疫《めんえき》ができてきたけれど、恥ずかしくないというわけでは決してない。

「……よく恥ずかしげもなくそういうことが言えますね」

ただ、なんとかこの程度のことは言い返せるようになった。

けれど。

「カズサへの愛を語るのに、恥じることなど一片《いっぺん》たりともありません」

全然通じてない、というかむしろダメージを受けるのは俺である。

結局それには何も言い返せないまま、俺は黙《だま》って文庫本に目を落とした。

作家の名前は聞いたことがあったけれど、読むのはこれが初めてだなと思う。『豪華客船で消えた死体。海原《うなばら》に浮《う》かぶ密室』という文字に、つい四日前、自分もここを密室だと思ったことをふと思い出した。

もしも、と思う。

もしもアルがいなかったら、俺は下船までの間、ずっと一人で鬱々《うつうつ》としていたはずだった。

こんな風に、デッキで読書をしようなんてことも考えなかっただろう。

ただ一人で、船室にもどこにも落ち着けないまま、過去のことばかり思い返して陰鬱《いんうつ》に過ごしていたに違《ちが》いない。

そんなことを考えていたときだ。

「あの、ひょっとして、先日助けてくださった方じゃございませんか？」

「え？」

突然《とつぜん》声をかけられたことに驚いて顔を上げると、そこにいたのは四日前、デッキに倒《たお》れていたあの男性だった。隣には夫人もいる。

「ああ、やっぱり。お会いできてよかった」

夫人のほうが俺の顔を見て、ほっとしたようにそう言った。

「中江《なかえ》と申します。先日はありがとうございました」

深々と頭を下げられて、俺は恐縮《きょうしゅく》しつつ椅子から立ち上がった。

「もうお加減はよろしいのですか？」

「はい。とはいえ次のシンガポールで下りて、飛行機で戻《もど》ることになりましたが……」

中江氏はそう言って苦笑《くしょう》する。

「そうですか……」

残念に思っているのだろうなとは思うものの、早くきちんとした検査を受けたほうがいいこともまた確かなので、俺は曖昧《あいまい》に頷くにとどめた。

「ええ。けれど、そこまでの間だけでもこうして船旅を楽しめるのは、先生のおかげです」

大げさとも思える言葉とともに、再び頭を下げられて俺は驚き、慌《あわ》てて首を振る。

「え、そんな……。中江さんがここまで回復なさったのは、中江さん自身の力と、船医の先生のおかげですし——第一私は先生なんて呼ばれる立場じゃありません」

俺が医者だということをどこからか聞き及《およ》んだのだろうけれど、この船ではただの客にすぎない。

いや、船を下りて日本に戻ったところで、同じことだ。

もう、医者ではなくなるのは時間の問題なのだから。

「いいえ。先生のおかげです」

なのに、中江さんはもう一度はっきりとそう、言い切った。

「船医の方も、応急処置をしてくださった方は命の恩人ですよとおっしゃってたんですよ」

その上、夫人にまでそんな風に言われて俺は本当に困り果ててしまう。

俺は思わず助けを求めるように、アルを見つめた。

アルは少し面白《おもしろ》がるような顔をしていたけれど、俺の視線に気付くとふわりと微笑んだ。

「感謝されたときは素直に『どういたしまして』と言えばいいんですよ。私もカズサのした行《こう》為《い》はすばらしいものだったと思います」

アルの言葉に俺は少しだけ眉《まゆ》を寄せる。

けれど、そのままままっすぐに見つめられていると、そういうものだろうかという気がしてくるから不思議だ。

俺はもう一度夫妻に目を向ける。

どこか期待するような目は感謝に満ちていて、俺はなんだか気恥《きは》ずかしい思いで目を伏《ふ》せた。

やはり、そんな目で見てもらえるような立場ではないとは思う。

自分は当たり前のことをしただけだったし、あの直後は出すぎた真似《まね》をしたのではないかとさえ思った。

けれど……。

「どう…いたしまして」

少しつかえてしまったもののそう言うと、夫妻はほっとしたように顔を見合わせて微笑《ほほえ》み合った。

そして、もう一度礼を言うと仲睦《なかむつ》まじく寄り添《そ》って船内へと戻っていく。

その後ろ姿を見ているうちに俺の中にも少しずつ、本当によかった……という気持ちが沸《わ》き上がってきた。

患者《かんじゃ》の快癒《かいゆ》を嬉《うれ》しく思う気持ち。

それは、忙《いそが》しい総合病院での仕事の中で、自分の支えになった感情だった。

全《すべ》ての患者を救えるわけではない。力が及ばず亡《な》くなった患者もいる。けれど、それでも頑《がん》張《ば》ってこられたのはその気持ちがあったからだ。

「よかったですね」

まるで気持ちを見透《みす》かされたような言葉に、はっとして振《ふ》り返る。

見るとアルはまるで自分のことのように、嬉しそうに微笑んでいた。

「はい……」

俺は小さく頷《うなず》いて、もう一度中江さん夫妻が去っていった方向へ目を向ける。

なんだか胸の辺りに明かりがともったような気がする。

あのとき――倒れている中江さんを見たとき。俺は立場だとか状況だとかは、全て忘れていた。信頼《しんらい》するとか信頼されるとか、そういったことも考えられずにただ助けたいと思って……。

それがいい方向に転がったことが、単純に嬉しかった。

まだ、できることがあるのかもしれない……。ほんの少しだけれど、そんな気さえした。

◆

ダンスフロアは華《はな》やかな光と音楽で満ち溢《あふ》れていた。

生演奏による軽《かろ》やかなワルツ。それに合わせてくるくると踊《おど》る船客とクルー。

見ているだけで圧倒《あっとう》されて、俺は壁《かべ》にぴったりと張り付いたまま小さくため息を零《こぼ》した。

ダンスなんて、しようと思ったこともないし、当然したこともない。

客船内でダンスパーティーがあることは知っていたけれど、正直来るつもりはまったくなかった。

踊れないのにこんなところに来ても意味がないし、誰《だれ》かにダンスを申し込むような気概《きがい》もない。

それなのになんで俺がここにいるかといったら、それはもちろんアルのせいだった。

なんでもこのダンスパーティーの主催者《しゅさいしゃ》が船のオーナー、つまりアルなのだという。

今回アルがこの船に乗船すると決まったときから、計画されていたものらしい。

だったら俺は一人で過ごしているからと言ったんだけど、どうしてもと引っ張り出されてしまったのだ。

ちなみにそのアルは、どうしてもと言うご婦人方に引っ張られて、フロアの中心で優雅《ゆうが》にステップを踏《ふ》んでいた。

……こうして見ると、本当にどこかの王子、いや、むしろ若き王といった風格さえある。一緒《いっしょ》に踊っているご婦人――年のころは五十代くらいだろうか――はうっとりとその美貌《びぼう》に見とれていて、よくあれで足が動くものだなと感心してしまうくらいだ。

それにしても……。

俺はフルートグラスに口を付けつつ、ゆっくりと周囲を見回した。

目に入るのは多くが五十歳以上で、若い男性のほとんどは船のクルーらしくお揃《そろ》いの燕尾服《えんびふく》を着ている。

おそらく乗客の平均年齢《ねんれい》は六十を超《こ》えているだろう。

そんなことに今更《いまさら》ながら気付いて、自分が今までいかに周囲を見ていなかったかを思い知らされた気がした。

「カズサ、申し訳ありません。一人にしてしまって……」

曲が終わり、拍手《はくしゅ》が鳴り止《や》むとアルが戻ってくる。

当然のように大量の視線を引き連れて、だ。

俺は居心地《いごこち》の悪さに、思わず顔が引きつってしまう。

「一人で気楽にやっていますから、気にしないでください」

「どうしてカズサは私にはそんなに冷たいことを言うのでしょうね」

俺が引きつりつつもにっこりと微笑むと、アルは苦笑して少し大げさなくらい嘆《なげ》いてみせた。

そのことに溜飲《りゅういん》を下げた俺は、思わずくすりと笑いを零してしまう。

アルはそんな俺の肘《ひじ》を軽く掴《つか》んで引き寄せると、俺が逆らうよりも先に耳元にそっとささやいた。

「私はこんなにも愛しているのに」

一瞬《いっしゅん》とはいえ耳元にキスまでされて、俺は慌ててアルから離《はな》れる。

耳が燃えるように熱い。

「……こんなところで何するんですかっ」

たぶん周囲からはキスされたところまでは見えなかっただろうけど、恥《は》ずかしいことは間違《まちが》いない。

小声で文句を言いつつ睨《にら》むけれど、アルはまったく応《こた》えた様子もなく楽しそうだ。

「仕方がないでしょう。これも全て、シャンデリアの下で見るカズサがあまりにも美しいせいですよ」

「…………っ」

「ただ美しいだけでなく、ストイックで……できることなら私の手でそのタイを外させてくださいませんか？」

あまりの台詞《せりふ》に、言葉も出ない俺にアルはそう続けると、そっと俺の手に触《ふ》れる。

俺は遠くに行きそうになった自分を必死でつなぎ止めて、その手を振り払《はら》った。

「……………これ以上おかしなこと言うようなら、俺は部屋に戻《もど》りますから」

「おかしなことを言ったつもりはありませんが」

「戻りますからっ」

俺がそうきっぱり言い切ると、アルは仕方がないというように肩《かた》を竦《すく》めた。

まったく、どういう神経してるんだと俺は大きなため息をつく。ただでさえ目立つ容姿をしている上に、オーナーってこともあって、アルのことに注目している人間がたくさんいるっていうのに……。

俺が横目でちらりと睨みつけると、アルはすぐに俺の視線に気付いて背中にそっと手を当ててきた。

「少し風に当たりましょうか」

俺はその意見に一も二もなく頷き、アルと並んでデッキへと出る。

アルコールとフロア内の熱気で火照《ほて》った頬《ほお》に、夜風が気持ちよかった。

「ここで待っていてください」

アルは、俺がずっと持っていたせいでぬるくなっていたグラスを取り上げて、フロアへ戻り、すぐにまた出てくる。手には新しいグラスだけでなく、シャンパンのボトルまで持っていた。

「しばらくここに隠《かく》れていましょう」

アルは笑ってそう言うと、シャンパンの入ったグラスを差し出す。俺は小声でお礼を言った。

「カズサと踊れるのなら、すぐにでも戻りたいのですが」

「俺、ダンスは全然駄目《だめ》ですから」

思わずそう返してから、はっとする。

「大体男同士で踊るわけにいかないし」

慌《あわ》ててそうつけたした俺に、アルはただ残念だと言った。

からかわれなかったことにほっとしつつ、俺は誤魔化《ごまか》すようにグラスに口を付ける。

ヴーヴクリコのイエローラベル。

マダムクリコが寡婦《かふ》だったことから、結婚《けっこん》のお祝いには不向きなのだと芙美香が言っていたことをふいに思い出す。

けれど……不思議と胸は痛まなかった。

ただ、今頃《いまごろ》どこで何をしているのだろうと、ぼんやりと思う。

こんな風に芙美香のことを考えるのも、随分《ずいぶん》久しぶりな気がした。

結婚式からまだ、六日しか経《た》っていないというのに……。

自分の急激な心境の変化には驚《おどろ》くけれど、いつまでも思い悩《なや》んでいるよりはきっといいのだろう。

いや、あれは悩むなんて建設的なものでもなかったけれど。むしろただ落ち込んでいただけため息を吐《は》き出してふと空を見ると、信じられないような数の星が瞬《またた》いている。

満天のとか、降るような、という表現はまさにこんな星空のためにあるのだろう。

「すごい星……」

「ええ。こうして船上で見ると、星空に浮《う》いているような気分になりませんか？」

アルの言葉に俺は頷《うなず》いて、水平線へと目を向ける。

地上だったらありえないほど低い位置まで星があって、俺は随分昔、小学生の頃《ころ》にもらった星図盤《ばん》のことを思い出した。

あんな風に丸く星はどこまでも続いているのだろうと思うと、不思議な気分になる。

星を意識するなんて、それこそ何年もなかったことだから、星座なんて一つもわからない。

北斗七星《ほくとしちせい》がどこにあるかもわからないくらいだ。

けれど、ただ見ているだけでも悪くないものだなと思う。

ここ数日、そんな風に感じることが増えた。

ただぼんやりときれいなものを見て、きれいな音楽を聴《き》いて、美味《おい》しいものを食べて、よく眠《ねむ》って……。

理解しようとか学ぼうとか、そんな気持ちがなくても確かに何かを吸収しているのだと思う。

知識とか教養とかじゃなくて、もっと瑣末《さまつ》で――けれど大切なものを。

日本に帰ったらしばらく暇な時間ができたとは思うけれど、こんな気分になれたかは疑問だった。

むしろ、ただぼんやりとしているのは同じでも、暗いところで蹲《うずくま》っているような、そんな日々を過ごすことになっていたんじゃないかと思う。

「……ありがとうございます」

気が付いたときには口からそんな言葉が零《こぼ》れ落ちていた。

「カズサ？」

驚いたような声を上げるアルを、俺は恥ずかしさのあまりつい睨みつける。

「ありがとうございますって言ったんです！」

なんでこんな怒《おこ》ったような口調になってしまうんだろうと内心反省しつつ、俺はアルからぷいと顔を背《そむ》ける。

自分はあまり人に対して怒ったり、拗《す》ねたり、素直《すなお》に感情を表現することのできるタイプじゃないってずっと思っていたのに。

最初にあんなことがあって、何もかもさらけ出してしまったせいかもしれないけれど、アルといると自分がまるで子どものようになってしまう。

「どういたしまして」

柔《やわ》らかな口調は、からかうようではなく、けれど笑いを含《ふく》んでいるように聞こえた。

そのことを恥ずかしいと思うのに、今みたいにアルが笑って許すから、直らないのだ。

でも……とりあえずここのところずっと思っていたことを口にできて、少しだけ気が楽になった。

ずっと礼を言いたいと思っていたのだ。頼《たの》んだわけではないけれど、救われたことは確かなのだから。

「俺一人だったらきっと、空に星があることにも気付かなかったと思いますから」

アルのほうを見ないままそう付け足す。

「そんな風に言ってもらえるとは思いませんでした。私はただ、カズサを愛しているだけですから。――――けれど」

アルはそう言って、俺の手をとると手の甲《こう》に唇《くちびる》を押し当てる。

「愛が報《むく》われるのはやはり嬉《うれ》しい」

「報われてませんっ」

俺は慌ててアルの手を振《ふ》り払った。

まったく油断も隙《すき》もない、とまたアルを睨んだけれど、いつもの通り笑いかけられて力が抜《ぬ》ける。

「そろそろフロアに戻ったらいかがですか？」

「まだいいでしょう。スピーチもダンスもしましたし、もうお役御免《ごめん》です」

お役御免、なんて顔に似合わない台詞をさらりと吐いて、アルはフロアに視線を向ける。

「それにほら、私がいなくても皆《みな》さんとても楽しそうですし」

確かに、その言葉通りフロアにいる人たちは皆、笑顔《えがお》に見えた。

思い思いのフォーマルウェアに身を包んで、談笑《だんしょう》したりダンスをしたりしている。

しばらくそうしてフロアを見つめていた俺は、ふと思い出して口を開いた。

「変なことをお訊《き》きしますけど、この船の客の平均年齢《ねんれい》って随分高くないですか？」

思わぬ質問だったのだろう、アルは軽く目を瞠《みは》ったあと、頷いた。

「そうですね。区間乗船でないお客様だけで言えば、今回は――六十二くらいだったと思います。けれど、ロングクルーズではそれくらいが普通《ふつう》なんですよ」

俺はアルの言葉に驚いた。

「そうなんですか？」

今回が特別高いわけじゃないのか……。

「ええ。船旅は時間がかかりますからね。ロングクルーズ――特に今回のようなワールドクルーズならば期間は百日を超《こ》えますし。ある程度時間が自由になる、仕事を終えて自由に余暇《よか》を楽しめる年代の方が多くなります」

「そうか……。それもそうですね」

俺はワールドクルーズの中のある一定の区間のみ乗船するだけだから、休暇《きゅうか》を利用しているわけだけど、百日を超えるというなら仕事のある人間には無理だろう。

もちろん乗船料だって百日といったら、一番安い客室でも二百万以上はかかるだろうし、いくら時間が自由になっても学生には難しいに違《ちが》いない。

「それに、船旅はほかの旅よりもずっと、ご高齢者《こうれいしゃ》向きなんですよ。乗り換《か》えも荷物の持ち運びも必要ありませんし、医者が乗っていますから、持病がある方もある程度は安心ですし」

虫垂炎《ちゅうすいえん》程度なら手術も可能だと聞いて、俺は思った以上の設備に感心した。

「船にはいろんな方が乗り込んできます。船が好きな方や、仕事を終えてご夫婦でゆったりとした旅を楽しみたい方、女性だけのグループや、若いカップル。そして、ときには末期癌《がん》などの病気でこれが最後の旅になるという方も……」

アルの言葉に、俺ははっと顔を上げる。

フロア内の人たちへと向けられたアルの横顔は、ほんの少し辛《つら》そうだった。けれどその瞳《ひとみ》はどこまでも真剣《しんけん》で、そして温かい光に満ちている。

「だからこそ、私はできる限り快適ですばらしい旅を提供したいと思いますし、船における医《い》療《りょう》は非常に重要だと考えているんです」

なんだか目が覚めるような気分だった。

『この船に乗ったからには笑顔でいて欲しい』

以前アルが言っていた言葉だけれど、この言葉には、こんなにも真摯《しんし》な気持ちがこめられていたのだと知って胸が熱くなる。

本当に船客を……この船を、大切に思っているのだろう。

そして、そのために尽力《じんりょく》しているのだ。

「——……ご自分の仕事に誇《ほこ》りを持ってるんですね」

羨《うらや》ましくて、どこか眩《まぶ》しいような気持ちでそう言うと、アルは俺を見つめて微笑《ほほえ》んだ。

「カズサも持っているじゃないですか」

「え？」

「医療に、誇りを持っているでしょう？」

その言葉に俺は、驚《おどろ》いて……頭を振る。

「お話ししたじゃないですか。俺はもう、医者は……」

「あなたは医者ですよ」

迷うように頼《たよ》りない俺の言葉とは違う、強い言葉だった。

その強さに引かれるように、俺はアルの顔を見上げる。アルもまっすぐに俺を見つめていた。

「患者《かんじゃ》の快癒《かいゆ》を心から喜べる、それを糧《かて》に次の仕事に向かえる……そういうカズサのような医者こそが、本当に必要な医者だと私は思います」

「そんな……こと…」

口説き文句と同じ、大げさなだけの言葉だと思おうとする。

けれど、どこかにその言葉を信じたい……その言葉に縋《すが》りたい自分がいるのもまた確かで……。

「カズサ、信頼《しんらい》は最初からあるものではなく、得るものだと思いませんか？」

黙《だま》り込んでしまった俺に、アルは軽い口調でそう尋《たず》ねた。

「思いますけど……」

突然《とつぜん》の問いに驚きつつも答える。

「医者を信頼するかどうかを患者はどう判断しているか、考えてみてください。最初はまったく知らない相手同士です。なぜその患者はあなたの前に、その病院に現れたと思いますか？」

「それは——昔からその病院に通っているからとか、家から近いとか、評判を聞いた……とか」

考え得《う》るパターンを挙げていく俺に、アルは頷《うなず》く。

「その時点では患者の信頼度《しんらいど》はほぼゼロです。むしろ今までの経験から多少マイナスであることのほうが多いかもしれません。医者が嫌《きら》いだという人間は多いですから」

アルの言葉に今度は俺が頷いた。

けれど、まだアルが何を言いたいかは見えてこない。

「会って、話をした瞬間《しゅんかん》から患者との関係が始まります。けれど、診察《しんさつ》をしても説明をしても信頼を得られない場合もあるのではないですか？」

「それは……まぁ、ありますね」

後遺症《こういしょう》が残るような重い怪我《けが》や、手術が必要となるような難しい病気の場合、その可能性は簡単な怪我などに比べて高くなる。

どんなに必要な治療《ちりょう》なのだと説明しても、なかなかわかってもらえないこともある。

「そして、信頼が得られないまま治療を施《ほどこ》すことになるときもあるのでは？」

手厳しい問いに、俺は一瞬答えに迷った。

「…………あります」

もちろん本来はあってはならないことだ。インフォームドコンセントという言葉があるように、患者は自分の治療方針を決定する権利がある。

けれど、同意書にサインをした患者の全《すべ》てが本当に心の底から納得《なっとく》し、医者を信頼しているとはおそらく言い切れない。

それしかないという言葉、それを疑いながらも、迫《せま》ってくるリミットに仕方なくサインをする人だっているだろう。

「でもそれは患者の病気を治したいと思うからです。本当はいつまでだって待ってあげたいけれど、実際はそれでは手遅《ておく》れになることも――」

「ええ、わかっています」

アルは俺をなだめるように頷いた。

感情的になったことが恥《は》ずかしくて俯《うつむ》いた俺の背中を、アルの手がそっと撫《な》でる。

そして、静かな声で言った。

「今回もそうだったでしょう？」

「……え？」

今回？

アルを見上げ、首を傾《かし》げた俺にアルは、中江さんのことだと言う。

「倒《たお》れたご本人はもちろん、奥様もあのときカズサを信頼していたわけではないと思います。けれど、治療が済んだあとは違ったでしょう？」

「違ったって……」

戸惑《とまど》う俺に、アルは優《やさ》しい微笑《びしょう》を向ける。

「中江氏はカズサを信頼していました。それはカズサが医療に対して——患者に対して、真摯だったからでしょう。目の前に患者がいて、自分に何かができる。そんな場面で、カズサは何もためらわなかった」

確かに、あのとき俺は何も考えられないまま、夢中で中江さんの心マッサージを行っていた。信頼されなければ医療行為《こうい》などできないとか、そんなことも考えている暇《ひま》はなかった。

——それでいいのだろうか。

「なんか……言いくるめられているような気もしますけど……」

アルの過大評価が恥ずかしくて、俺はついついアルを睨《にら》みつけてしまう。

「本当のことを言っただけです。私は、彼を助けたときのカズサの真剣で迷いのない表情に、一目惚《ぼ》れしたんですよ」

一目惚れって……。

ますます恥ずかしいことを言われて、俺はアルから視線をそらすと意味もなくシャンパングラスの縁《ふち》を見つめた。

口を付けようかと思ったけれど、自分がほろ酔《よ》いだという自覚があったのでやめる。また飲みすぎて失態を晒《さら》すのはごめんだ。

「大体、なんで急にそんなこと……。俺が医者を辞《や》めるつもりだって言ったときは何も言わなかったじゃないですか」

「あのときとは状況《じょうきょう》が違《ちが》います。今のカズサはあのときよりずっと、前向きな気持ちになってきているようですから」

俺はアルの台詞《せりふ》に驚いた。

確かに、わずかとはいえ前向きになってきた——というか前向きになろうと思い始めたところだったけれど、どうしてわかったのだろう？

不可解な気持ちでちょっと眉《まゆ》を寄せると、アルはそんな俺に気付いたらしい。

「平均年齢《ねんれい》のことを訊《き》いたでしょう？」

と、なんでもないことのように言った。

「……そんなことで?」

「周囲のことが目に入るようになった証拠《しょうこ》です。あとは――愛の力ですね」

……出た。

愛、というお得意の台詞に、俺はうんざりする振《ふ》りで顔を背《そむ》ける。赤くなったであろう顔をアルに見られたくなかった。

「私はいつもカズサを見つめていますから」

続けられた言葉に何か皮肉の一つも返そうと思うけれど、口を開くこともアルを見ることもできない。

恥ずかしい台詞だと思うのに、心の奥がどうしようもなく揺《ゆ》さぶられるのを感じた。

この人ならわかってくれるんじゃないか、という期待……。

いやすでに、この人はわかってくれているという安心すら自分の中に存在していることに気付かざるを得ない。

それは、初めて会ったあの夜にすでに植えつけられていたのだろう。

けれど……『一目惚れ』か……。

芙美香にもそう言われたことを不意に思い出して、俺はその記憶《きおく》を振り払《はら》うように頭を振り、口を開いた。

「俺の実家ってごく普通《ふつう》のサラリーマン家庭なんです」

アルは突然話が飛んだことに少し驚いたみたいだったけれど、疑問は挟《はさ》まずに先を促《うなが》すように頷く。

「だから俺も最初は医者になるつもりなんてありませんでした。したいこともないし、周囲に勧《すす》められて……本当になんとなく決めた進路だったんです」

最初に勧めたのは母だった。結婚後《けっこんご》も仕事に生きていた母は、無気力な息子にしたいことがないなら医者とか弁護士とか、ちょっと無理目なところを目指してみればやる気が湧《わ》くんじゃないかと冗談《じょうだん》めかして言ったのだ。

あの頃《ころ》は、それもいいかと思ってしまうくらい、将来に関して無関心だった。

勉強ばかりしていて、面白《おもしろ》みのない性格をしている自覚はあったし、目標が高ければほかのことは何も考えずにそれだけに集中していられる分、気が楽だった。

実際、入学してみると医学部は想像以上に忙《いそが》しかった。親元を離《はな》れ、一人暮らしを始めたことも重なって遊ぶ暇もほとんどないくらいに。

それでも、自分の中には、このまま勉強を続けることで自分は医者になるのだということが、本当にはわかっていなかった気がする。

ただ、目の前のことに精一杯《せいいっぱい》で……。

やっと立ち止まって、自分の位置を確認《かくにん》できたのは、研修医をしているときだった。

「退院した患者《かんじゃ》さんから手紙が来たんです。今どうしてるとか、あのとき親身になってくれて嬉《うれ》しかったとか……」

丁寧《ていねい》な字で書かれた、喜びにいろどられた手紙。

「でも俺は――……その患者さんのことを覚えてなかったんです」

とてもじゃないけれど、アルの顔を見られなくて、俺は俯いた。

自分でもひどい話だとわかっている。今でも思い出すと居たたまれない。恥ずかしくて、泣き出したくなるほどだ。

「俺は覚えていないのに、相手は俺が親身だったと思ってくれていたことが申し訳なくて……情けなくて……」

自分は一体何をしているのだろうと思った。

入院患者はベッドの名札、通院患者はカルテを見て名前を確認《かくにん》していた自分。患者の名前なんてたった一人も覚えていなかった。

いつまでも気分だけはモラトリアムなまま、人の命を左右する仕事についているなんて、許されることではない。

「ちゃんとした医者になりたい、と思いました。ちゃんとした…なんて子どもみたいですけど、本当にそのときはそう思って……今でも――」

今でもそう思っている、と続けそうになって、俺ははっと口を閉《と》ざした。

そうだ……。

今でも俺は、医者でいたい……いや、ちゃんとした医者になりたいと思っているのだ。

不思議だった。もう医者など辞めると、あれほど考えていたのに。

「カズサ……カズサは医者でいるべきだと私は思いますよ」

自分の気持ちに驚《おどろ》いて呆然《ぼうぜん》としている俺に、アルは優しく言った。

「自分の担当した患者でさえ、すぐに忘れてしまうような医者なのに？」

見上げて苦笑《くしょう》した俺に、アルは首を横に振る。

「今は違う。そうでしょう？」

信じていると訴《うった》えるようなまっすぐな瞳《ひとみ》。真剣《しんけん》なその目が俺の顔を覗《のぞ》き込んで、ふっと笑《え》み崩《くず》れた。

その間近に見た笑顔に、とくりと心臓が鳴る。

「カズサのような医者を、患者は必要としているんです」

繰《く》り返された言葉に、胸を摑まれたような気がした。

「私もできる限り応援《おうえん》します」

口先だけとは思えない真摯《しんし》な口調に、俺は不思議な気分になる。

なんでだろう？

出会ったばかりなのに、なんでこんなことまで言ってくれるんだろう？

そして、俺はなんでこの人の言葉にこんなにも揺さぶられてしまうんだろう?

わからない。

わかるのが怖《こわ》い……。

けれど、不思議だと思い、怖いとすら感じるその胸の中は、ちゃんとした医者になろうと思ったときと同じように熱くて。

「――……ありがとうございます」

ためらいながらも、俺はそう言ってぺこりと頭を下げた。

日本に帰ったら、今の病院を辞めて別の病院を探そう。病院はいくらでもあるのだし、腕《うで》が鈍《にぶ》らないうちにさっさと復帰しよう。

そんな前向きな気持ちが自然と湧いてくる。

「どうして……あなたの言葉は本当のことのように聞こえるんでしょうね」

思わずそう零した俺に、アルは嬉しそうに微笑《ほほえ》んだ。

「それは、私が心からカズサを愛していて、カズサもまた私を愛し始めているからですよ」

あっさりとそう返されて、俺は目を瞠《みは》った。

「な、何を言って……」

反論しようと口を開いたけれど、うまく言葉が出てこない。

俺がアルを愛し始めている?

そんなわけないと、すぐさま否定するべきなのに……。

どうしてだろう。顔が熱いし、喉《のど》もまるで熱があるときのように息苦しくて、うまく声が出せない。

「カズサ……愛しています」

言葉とともにそっと抱《だ》き寄せられる。

「嫌《いや》なら振りほどいてください」

ゆっくりと近づいてくるアルのグリーンの瞳。キスされるとわかっていたのに、体はぴくりとも動かなかった。

けれど、そっと触《ふ》れた唇《くちびる》に、自然と瞼《まぶた》が下りてしまう。

どうして……？

今夜何度目ともしれない疑問が脳裏《のうり》をくるりと旋回《せんかい》したけれど、それでもアルの腕を振りほどくことはできなかった……。

「あ……んっ、あぁ」

ゆっくりと、熱を持った手のひらが体の線をなぞる。

それだけで震《ふる》えてしまう自分が信じられない。

唇はもう溶《と》けないのが不思議だと思うくらいキスを繰り返されて、ぽってりと熱を持っている。

「ん…………っ……」

あのあと、俺もアルもフロアには戻《もど》らず、部屋へと帰ってきた。

こうなることは十分に予想できた。むしろ確信していたといってもいいかもしれない。

けれど、まっすぐアルの使っている寝室《しんしつ》につれて行かれても、逆らう気にはなれなかった。

「ああ……こんなに感じてくれたのですね」

アルの手がそっと俺の中心に触れる。

「や……ぁっ」

キスと、愛撫《あいぶ》ともいえない程度に触れられただけでそこはすっかり張り詰《つ》めて、アルの指を濡《ぬ》らした。

くちゅりと小さく水音がして、向けた視線の先でアルの指と、触れられた先端《せんたん》部分に透明《とうめい》なしずくが光るのが見える。

「本当に可愛《かわい》らしい人だ」

アルが額を合わせるようにして間近に俺の目を覗き込んでくる。

下唇だけを軽く吸われて、自然とほころんだ唇に舌を差し入れられた。

「ふ……っ…んっ」

焦点の合わない視界の中に、時折グリーンが交ざると、それだけでなぜか心音が跳《は》ね上がる。

「ここも、すっかり尖《とが》って……誘《さそ》っている」

「あぁっ」

きゅっと乳首《ちくび》を摘《つま》まれて、強い快感に嫌だというように頭を振《ふ》った。

なのに、アルの指はまるで尖って硬《かた》くなっているのを解《ほぐ》そうとするみたいに、そこをくにくにと揉《も》んでくる。

「やっ…ぁっ……あぁっ」

そんなところで快感を覚えてしまう自分が恥《は》ずかしくて、ぎゅっと目を閉じるけれど、そうすると快感は余計に深くなるようだった。

けれど、どんなに気持ちがよくても、直接的に刺激《しげき》がなければいくことはできない。

「あ、んっ…やぁっ……」

摘まれた乳首をそのまま軽く引っ張られ、軽く捻《ひね》られると、先走りが零《こぼ》れる。

最初はただ腰《こし》が跳ねただけだった。

摘まれた乳首を今度は潰《つぶ》すようにされたときも、爪《つめ》の先で弾《はじ》かれたときも。

「ひぁっ…あんっ」

でも、散々指で弄《いじ》られ、腫《は》れたようにじんじんするそれに濡れたものが触れたとき、先走りですっかり濡れそぼったものがアルの体に当たった。

それで歯止めを失ってしまったのだろう。

乳首に触れたのはアルの舌だった。

こそげるように舐《な》め上げられ、反発するように立ち上がったままのそれを吸い上げられる。

そのたびに俺はつい腰を揺《ゆ》らして、アルの体に下半身を擦《こす》り付けてしまう。

当然アルも気付いているだろうに、何も言わずに俺が腰を動かしやすいように、体の位置を調節してくれる。

そんなことするくらいなら直接触《さわ》って欲しいと思ったけれど口には出せない。

俺はアルに促《うなが》されるがまま膝《ひざ》を立てて、アルの肩《かた》に手をかけると、自分からアルの体にそれを擦り付けた。

「は…あっ…んっんっ…」

浅ましいと思う。恥ずかしいとも思う。

けれど、どうしても止めることはできなかった。もう、快感を追うことに精一杯《せいいっぱい》で……。

それなのに……。

「あっ、やだ…っ……なんで……？」

もう少しでいけるというところで、アルは不意に体を離《はな》してしまう。

そして伸《の》び上がると、不満を訴える俺の唇に軽くキスをした。

「一生懸命《けんめい》快感を追うカズサはとても可愛いけれど、せっかくですから一緒《いっしょ》に気持ちよくなりましょう」

「あ……っ」

言葉とともに腰を抱かれると、アルのものと自分のものが触れ合う。

それは言葉や表情の穏《おだ》やかさからは信じられないほど、熱くなっていた。

ゆっくりと腰を引き付けられ、揺らされる。

「あっ、あっあ…っ」

その上、一旦《いったん》離れた両手にゆっくりと尻《しり》を揉まれて、ますます快感は強くなる。

「は、んんっ……あぁっ」

アルの肩にぎゅっとしがみついて、俺は自分からもまた腰を揺らした。擦れるたびに濡れた音がするのが恥ずかしい。

「んっ、あんっ…あ、あ……あぁっ」

けれど、恥ずかしいと思えば思うほど逆に快感は増してしまうみたいで……。

少し動いただけでも駄目《だめ》になってしまいそうなくらいの快感があって、自分はおかしくなっているんじゃないかとすら思う。

「あ…だめっ……も、いく…っ」

アルの腰を膝で挟《はさ》むように、ぎゅっと足に力がこもった。

「っ……あぁっ」

腹にぱたぱたと自分の出したものが零れるのがわかる。

けれど、いったのが俺だけで、アルのものはまだ張り詰めたままだと気付いたのは、呼吸が整ってからだった。

「すみません……俺、一人で勝手に……」

恥ずかしくて枕《まくら》に顔を半分埋《うず》めるようにして謝る。

「気にしないでください。カズサの可愛らしい顔が見られて嬉《うれ》しいですよ」

アルは優《やさ》しくそう言うと、俺の額にキスをした。

「それに……私はここで愛し合いたい」

「あ……」

恥ずかしい言葉と同時に、アルの手が尻を割り開くように動き、指が狭間《はざま》に触れる。ぬるりとすべる感触《かんしょく》がしたのは、多分俺が零したものなんだろう。

「許していただけますか？」

「そ…んなの……」

訊《き》かないで欲しいと思ったけれど、アルの目はどこまでも真剣《しんけん》で……。

俺は、声に出して了承《りょうしょう》することはとてもじゃないができず、こくりと頷《うなず》く。

「ありがとう。愛しています」

とろけそうな笑みを浮《う》かべてそう言うと、アルは俺の唇に情熱的なキスをした。

何もかも奪《うば》われそうな、駄目になりそうなキスを……。

その間にも、狭間に触《ふ》れていた指はゆっくりと内側に入り込んでくる。

ぬめりのせいか、それとも二度目だからなのか、驚《おどろ》くくらいあっさり入り込んできた指先がそっと探《さぐ》るように前後する。

そして、まるで指の動きと同じように口の中を舌で探られた。俺は惑乱《わくらん》し、自分の体のどこに何が触れているのかわからなくなりそうになる。

くちゅりと音を立てたのが絡《から》み合った舌なのか、それとも下半身なのかもわからない。

ただ、恥ずかしく、そのせいでますます快感が強くなる。

前回シーツを摑《つか》むことしかできなかった指は、アルの背中に回り、そのきれいに引き締《し》まった背中に爪を立てた。

「ふ……ん……ん…」

ときどき偶然《ぐうぜん》のように前立腺《ぜんりつせん》を擦られると、それだけで体がびくびくと跳ねてしまう。

気持ちよくておかしくなりそうになる。

いつの間にか増えていたアルの指を、ぎゅうぎゅうと締め付けてしまって、まるで体がもっと擦って欲しいと言っているような気がして恥ずかしかった。

「んんっ……んっ、あっ……」

中をしつこいくらいに擦られて、快感に足が揺れた。

さっきいったばかりで触られてもいない場所から、先走りが溢《あふ》れて腹を濡らす。

「こちらも私を覚えていてくれたようですね。もうほら……」

ちゅぷりと音を立てて指が引き抜《ぬ》かれる。

その音だけで恥ずかしくて顔を覆《おお》いたくなるほどだったのに、アルは体を離すと俺の膝裏に手をかけてぐっと押した。

「や……っ」

いやいやをするように首を横に振ったけれど、アルの手は止まらない。

膝が胸につくような体勢でそこを覗《のぞ》き込まれて、俺は耐《た》え切れずにぎゅっと目を瞑《つぶ》った。

「こんなにとろけて……とても可愛《かわい》らしい」

「そ…なこと…言わないで……くださ…っ」

開かれた足の間にアルの視線を感じて、羞恥《しゅうち》に体が震《ふる》える。

シーツに落ちた手で下肢《かし》を隠《かく》そうかと思ったけれど、そのほうがかえっていやらしい気がしてためらう。

「ここに私を入れてもいい……？」

肌《はだ》があわ立つような声でそう訊かれて、俺は耐え切れずに腕《うで》で顔を覆った。

「顔を隠さないでください。カズサ」

この前と同じようにそう言われたけれど、手が塞《ふさ》がっているからか直接外そうとはしてこない。

「カズサ、お願いですから顔を見せて。イエスと言ってください」

「何で、そんな、こと……。さっきも言ったじゃないですか……っ」

正確には言った、じゃなくて頷いた、だけれど。

「何度でも聞きたいんです。私が欲しいと、カズサのその可愛らしい唇《くちびる》で言って欲しい。それだけで私は世界一幸せな男になれる」

顔を隠したまま抗議《こうぎ》する俺に、アルは憎《にく》たらしくなるほど艶《つや》っぽい声でささやいた。

いつものごとく笑えるくらいに寒い台詞《せりふ》。

本当にこんなことを言う男が存在するんだと、変なところで感心してしまいそうになる。

……なのに、俺はどうして心動かされてしまうんだろう。

「……い…よ」

「カズサ？」

顔を覆ったまま、俺はそっと口を開いた。

「アルのを……入れてください。――……アルが欲しい」

「カズサ！……愛しています。私の全《すべ》てはあなたのものです」

言葉にした途端《とたん》、膝裏を摑んでいた手に力が入って、ついさっきまで指で散々慣らされていた場所に熱いものがゆっくりと入り込んでくる。

「あぁっ…あっ……」

じわじわと、指では届かないような場所まで入り込まれ、体の中を開かれる。

「や…っぁ…深い……っ」

怖《こわ》くなるくらい奥まで入れられて、けれどまだだというように足を高く上げられた。その足を肩《かた》にかけるようにして膝裏《ひざうら》から離《はな》れた手に、腰《こし》を摑まれ引き寄せられる。

「あ、んっ……」

そのままぐいっと最奥《さいおう》まで入れられて、アルの動きが止まる。

けれど、それはほんの一瞬《いっしゅん》だった。

「あぁ！　あっ、やっ……あぁんっ」

予想もしなかった勢いで引き抜かれ、再び突《つ》き入れられる。

今までの穏やかさをかなぐり捨てたかのような動きに翻弄《ほんろう》されて、俺は立て続けに高い声を放ってしまう。

「んっ…あんっ……は、あ…っ」

アルのものが、何度も何度も内壁《ないへき》を擦り上げて、そのたびに前立腺を掠《かす》めていく。

途中まで顔を覆っていた腕は、アルに促《うなが》されてその首にしがみついていた。肩に担《かつ》がれていた足も下ろされて、今はアルのたくましい腰を挟み込んでいる。

首筋に当たる荒《あら》い吐息《といき》が、ますます興奮を煽《あお》る。

時折何かを堪《こら》えるみたいに首筋や耳を噛《か》まれると、体の奥のほうが震えるような気がした。

「あっ、ああっ、んっ」

少し乱暴なくらい揺《ゆ》さぶられて、立ち上がっていたものがアルの腹に当たる。

もう限界だった。

「も、だめっ…あっ…やっ……出る…っ……」

腹筋に力が入って、中に入っているアルのものを締め付けてしまう。

「あぁ——…っ」

そこを半ば強引《ごういん》に突き入れられて、俺はアルの肩をぎゅっと抱《だ》きしめながら達した。

アルのものがぐっと膨《ふく》らんで、俺の中を濡《ぬ》らしたのを感じて、いったばかりで敏感《びんかん》になった体がびくびくと震える。

ゆっくりとアルのものが出て行くと、少し開いた場所からアルのものが流れ出すような感触がして、俺は体を隠すように横向きになると、再び腕で顔を覆った。

「カズサ……どうかキスを……。顔を見せてください」

アルの手が、顔を覆っていた俺の腕を摑みそっと外そうとする。

けれど、俺は黙《だま》って顔を覆ったまま頭を振った。

こんな状況《じょうきょう》で俺は顔を見られるのがどうしても恥《は》ずかしくて、素直《すなお》に腕を外すことはできない。

　ところがアルは珍《めずら》しく強引に俺の腕を引き、顔の横に押し付けてしまう。

「や……っ、見ないでくださいっ」

「どうしてですか？」

「は…恥ずかしいからに……決まって……」

　前にほとんど触れられないままいってしまったことも、アルのものを中に出されたことももすごく恥ずかしかった。

　腕を振り解《ほど》こうとするけれど、もともと体格差もある上に上から押さえつけられているので、ただ徒《いたずら》にベッドのスプリングが揺れるだけで腕は少しも自由にならない。

「こんなに美しいのに？」

　ぎゅっと瞑った瞼《まぶた》に、何かがそっと触れる。何度か繰《く》り返されて、それが唇だとわかった。

　優《やさ》しい感触《かんしょく》のキスに、腕にこもっていた力が抜けていく。

「愛しています……カズサ。恥ずかしがることなんて何もありません」

　言い聞かせるような優しい口調。

「……恥ずかしいのと愛は関係ありません」

　恥ずかし紛《まぎ》れにそんな風に悪態をついて顔を背《そむ》けたけれど、アルのキスは止まらなかった。

　耳の下を軽く吸い上げられて、びくりと瞼が引きつる。

「いいえ、関係あります。愛しているから私はカズサのどんな表情も、仕草も全てすばらしく美しく、可愛らしいと感じる」

キスは顎《あご》の骨をたどるように続き、首筋へと落ちた。鎖骨《さこつ》までいくと今度は再び瞼に戻《もど》り、鼻を通って唇へ。

「さぁ、お願いだから目を開けてください」

そう言われてもまだ躊躇《ちゅうちょ》する俺に、アルはしばらく沈黙《ちんもく》した。

ほんの少しの間だったからかもしれないけれど、なんとはなしに不安になる。

その上……。

「……このままではカズサが見ていないのをいいことに、とんでもないことをしてしまうかもしれませんよ？」

「はっ？」

とんでもない、なんてアルらしからぬ台詞に、俺は驚《おどろ》いて思わず目を開けてしまった。

途端にアルの満面の笑みが視界に飛び込んできて、俺はまんまと引っかかってしまったことに気付く。

「……騙《だま》しましたね」

「騙す？　私がカズサを？」

「ほかに誰《だれ》がいるんですかっ？」

驚いたといわんばかりに目を見開かれて、俺はむっと眉《まゆ》を寄せた。

「私がカズサを騙すわけがないでしょう？　もしもカズサが目を瞑《つぶ》ったままだったら、何をするつもりだったか教えて差し上げましょうか？」

くすりと笑われて、俺はぶるぶると首を横に振る。

「そうですか、残念です。ではそれはまたの機会に……」

アルはそう言いつつ、俺の腕《うで》を引いて膝の上に抱き上げた。

「あ……っ」

足を開いてアルに跨《また》がるような体勢のせいで中のものが零《こぼ》れ落ちるのがわかる。ものすごく恥ずかしかったけれど、抵抗《ていこう》する間もなく抱きしめられてキスされてしまう。悔《くや》しいけれど、アルのキスはとても巧《たく》みで、俺の気勢をそぐには十分だった。

「ふ……ぅん…っ」

口の中をねっとりと舐《な》められて、舌を吸われていると自分がどこにいるかもわからなくなりそうになる。

「んっ……や、そこ……っ」

アルの指が乳首《ちくび》をそっと撫《な》でた。

そこは最初に触《さわ》られたきりだったにもかかわらず、まだ赤く色づいたままだ。それをアルの指がきゅうっと摘《つま》み上げてくる。

「あっ、や……っ、あんっ」

摘み上げた先端《せんたん》部分を爪《つめ》で弾《はじ》かれて、俺はアルの首筋にしがみついた。

それでもアルの指は止まらずに何度もそこを弄《いじ》る。摘むだけではなく押しつぶしたり、引っ張ったりされて、俺はそのたびにアルの首に額を押し付けるようにして頭を振った。

けれど、指は唐突《とうとつ》にそこを離れ、腕が腰に回る。

「カズサ、ゆっくりでいいですから腰を上げてください。ほら、私も支えていますから」

無理だと首を振る前にそんな風に諭《さと》されて、俺は力の入らない腰をなんとか上げて膝立ちになった。

すぐに崩《くず》れそうになる腰をアルの腕がしっかり支えてくれる。

「っ……あ、んんっ」

ちゅっと、音を立てて乳首を吸われ、俺はびくりと体を揺らした。とっさに離れようとしたけれど、アルの腕がしっかり腰を抱いているせいで果たせない。

「んっ…あ…あぁ……ん…っ」

何度もそこを吸い上げられて体がふらふら揺れる。

けれど不安定な体を支えようとアルの頭を抱《かか》え込むようにすると、まるで自分からアルに胸を押し付けているようでいたたまれなかった。

「あっ…やっ…離して…っ……」

頭を振ってそう訴《うった》えると、やっと唇《くちびる》が離れる。

「――この体勢は不安？」

少しだけ体を離《はな》したアルに、下から覗《のぞ》き込まれるようにされて俺は頷《うなず》いた。

「なら、今度はゆっくりと腰《こし》を下ろして」

そう微笑《ほほえ》まれて、俺はほっとしてもう一度頷く。

がくがくと崩れそうな腰はすでにアルの腕だけで支えられているようなものだったから、俺が下ろそうとするまでもなく、アルの腕が導くままにゆっくりと下りていく。

けれど。

「あっ」

いつの間にかしっかりと立ち上がっていたアルのものが、まだ少し痺《しび》れたようになっている場所に触《ふ》れて、俺はアルの意図に初めて気付いた。

自分の鈍《にぶ》さに愕然《がくぜん》としたけれど、すでに遅《おそ》い。

「やっ……ん…あ…あぁっ！」

ぐいっと先端の太い部分が中に入り込んできたと思ったら、アルの腕が腰から離れた。

力の入らない腰はそのまま、いっそあっさりといっていいほどの勢いで全《すべ》てを飲み込んでしまう。

「っ……ひ、どい……っ」

思わず涙目《なみだめ》になって睨《にら》むと、アルはなんだかやけに嬉《うれ》しそうな顔をした。いや、嬉しそうというよりむしろ——やに下がっていると言ってもいいかもしれない。

「すみません。カズサがあまりに素敵《すてき》すぎて我慢《がまん》できませんでした」

けれどそんな風に謝りつつ、涙のにじんだ目尻《めじり》にキスされると、何も言えなくなった。

ただ黙《だま》ってアルの肩口《かたぐち》に顔を埋《うず》める。

恥《は》ずかしいというのもあるけれど、今まで——俺に比べたらずっと余裕《よゆう》があるように見えたアルにそんな風に言われて、少しほっとしたところもあったからだ。

「……動いても大丈夫《だいじょうぶ》ですか？」

耳元で案じるように訊《き》かれて、少し躊躇したあと、アルの首筋に額を擦りつけるようにして頷く。

「あ……ぁ……っ……んっ」

ゆっくりと体を揺《ゆ》らされて、もどかしいような快感が腰から這《は》い上がってきた。

抜《ぬ》き差しするのではなく、奥のほうを突《つ》くような動きで中をかき混ぜられる。揺さぶられるたびに、さっき中に出されたものが零れているのか、くちゅくちゅと音を立てた。

「やっ……あっ、あっ」

ウエストに回っていた腕が少し下がって、繋《つな》がっている部分に指が触れる。

広がって——その上、濡《ぬ》れてしまっている場所を確認《かくにん》されるみたいで、ひどく恥ずかしい。

けれどアルは、それ以上はそこには特に何もせず、さっきの激しさが嘘《うそ》のように、ただゆっくりとした動きを続けた。

時折思い出したようにキスが降ってくる。

しばらくそうして緩《ゆる》い刺激《しげき》を与《あた》えられているうちに、我慢できなくなったのは俺のほうだった。

「ん…はっ……ぁ」

もっと動いて欲しくて、アルのわずかな動きに合わせて、もじもじと腰が動いてしまう。

そんな俺をアルが楽しそうに目を細めて見ているのに気付いても、止めることはできなかった。

「カズサ、私にして欲しいことがあるのではないですか？」

「ひぁっ」

言葉と同時に耳に軽く歯を立てられて、俺は身を竦《すく》める。

今まで耳なんてそんなに感じるものではなかったのに……。自分の体がひどく敏感《びんかん》になっていることに気付かされる。

「カズサ……？」

「――……動いて…」

恥ずかしくて、せめて顔を見られないようにとアルの肩口にぎゅっと抱《だ》きつく。

「……っ……は、激しくして欲しい……」

なんでこんな恥ずかしいことを言っているのだろうと思うけれど、だからといって躊躇《ちゅうちょ》していられないくらい、体のほうは切羽詰《せっぱつ》まっていた。

「本当に可愛《かわい》らしい」

「っ……」

アルはそう言って笑うと、俺の背を支えるように抱きしめてベッドに押し倒《たお》すと、奥まで入っていたものを一気に引き抜いた。

けれど、俺の腰を抱え直すとすぐにまた入り込んでくる。

「ああ……っ……やっ、あっあっんっ」

奥まで突き入れられ、何度も抜き差しを繰《く》り返されて、俺はただアルの腰に足を絡《から》ませ、されるがまま揺さぶられる。

「あ、だめっ……も、ああっ」

「カズサ……っ」

アルの声にも情欲が滲《にじ》み、快感のあまり涙で曇《くも》った視界にアルの、何かを堪《こら》えるような表情が入った。

そのことになぜか胸が熱くなる。

俺は押し倒されたときに解いてしまった腕を、再びアルの肩に絡ませた。

アルもそんな俺に気付いたらしく、上半身を近づけてくれる。

「ん……っ、はっ…んっ…んんっ」

キスされて舌で口内を探《さぐ》られると、まるで連動しているみたいに下肢《かし》にも快感が走った。

自分が何でどこをかき混ぜられているのか、わからなくなりそうなくらい惑乱《わくらん》されて、ただ必死で腕《うで》に力を込《こ》める。

そして……。

「あっ……あっ…ああ——……っ」

最奥《さいおう》を抉《えぐ》るような激しい突き上げに俺が達した瞬間《しゅんかん》、ぎゅっと締《し》め付けたその奥でアルのものが弾《はじ》けた。

「っ…は……っ……はぁ…っ」

力の抜けた腕が、汗《あせ》で濡れた背中を滑《すべ》ってシーツへと落ちる。

どくどくと耳元で心音がするような感覚の中で、俺はただ荒《あら》い息を繰り返すので精一杯《せいいっぱい》だった。

アルのものがずるりと抜けていくのに、反射のように体が震《ふる》える。アルはそんな俺の横に寝《ね》転《ころ》がると、そっと抱きしめてきた。

アルの心音も俺と同じぐらい速くなっていて、なんだかほっとする。

しばらくそのまま目を伏《ふ》せて、自分の呼吸と心音が少しずつ落ち着いていくのを聞いていた俺は、アルの声に無言で視線を上げた。

「カズサ」

「これは提案なのですが……私の船の船医になっていただけませんか？」

突然《とつぜん》の——思ってもみなかった言葉に、俺は驚《おどろ》いて目を瞠《みは》る。

「船医……ですか？」

「はい」

しっかりと頷くアルの表情には、思いつきで言ったというような浮《うわ》ついた感じはなかった。

「アルの船って……この船ですか？　けれど、この船にはすでに船医が…」

「ええ、います。けれど、現在医師は二名。そのうちの一人がこのクルーズを最後に退職することが決まっているんです」

アルはそう言って、今いる医者が外科医と内科医の二人であること。辞《や》めるほうの医師が外科医であることを説明してくれた。

ひょっとしたら今考えたことではないのかもしれない。

船医か……。

考えたことのない選択肢《せんたくし》だったけれど、それは単に思ってもみなかったというだけで、あり得ないということではなかった。

もちろん今までとはまったく勝手が違《ちが》うだろうし、自分に合うかもわからない。けれど……。

「……それもいいかもしれませんね」

そう答えたのは、数時間前に聞いたアルの船に対する思いのことがあったからだった。

あの気持ちには賛同できると思ったから。

「嬉《うれ》しいです。カズサのような医者が乗ってくれるなら、これほど心強いことはありません」

アルは俺の答えに嬉しそうに微笑《ほほえ》むと、そっとキスをして抱きしめる腕に力を込めた。

「では明日から——と言いたいくらいですが、とりあえず一度船を下りて手続きをする必要がありますね」

「え、あの……ちょっと」

「次の寄港地、シンガポールで一度船を下りて、飛行機でニューヨークへ向かいましょう」

もう決まったことのように言われて、俺は慌《あわ》ててアルの胸に手をついて体を引き離《はな》す。

「って、待ってください。そんな、いいかも…とは言いましたけど、今すぐには決められません」

そう反論するものの、アルはわかっているのかいないのか、相変わらずの笑顔《えがお》だ。

「ええ、そうですね。まだ日本での職場も、正式に退職したわけではないということのようですし。けれど、退職前に次の仕事場を決めておいたほうが安心でしょう？」

「そ、れは……まぁ、そうですけど…」

転職するのは初めてだけど、次の職場を決めてから今の職場を辞めるのは、もちろんおかしなことではない。

ない、けれど。

「そうでしょう。ああ、昨日までは寄港地になんて永遠に着かなければいいと思っていましたが、今はとても楽しみになりました」

そんな風に言われると、まだ決めたわけじゃないと繰り返す気にもなれなくて。

俺はただ、曖昧《あいまい》に微笑むことしかできなかったのだった……。

◆

喉《のど》の渇《かわ》きのせいか、不意に目を覚ました俺は、自分の横に眠《ねむ》るアルの寝顔《ねがお》をそっと見つめた。

規則正しい寝息。笑みを刻んだ唇《くちびる》。

何か幸せな夢でも見ているのかもしれない。それがなんだか可愛らしくて、俺はついつい微笑んでいた。

しばらくそうしたあと、俺はアルの眠りを妨《さまた》げないようにそっとベッドを抜《ぬ》け出した。

体は少し辛《つら》かったけれど、動けないほどではない。

寝室《しんしつ》を出て、リビングに設置された冷蔵庫から、ミネラルウォーターのペットボトルを取り出す。

「ん…」

ボトルに直接口をつけて、半分ほどを飲み干したときには、冷たい水が体内に入ったせいか、それとも短い時間で深い睡眠《すいみん》をとることに慣れているせいか、眠気はどこかへ行ってしまっていた。

デッキへ出ようと思ったのは、アルの眠りを妨げたくなかったのもあったし、風に当たりでもして頭の中を整理しようと思ったせいもある。

ドアを開けると空調の効いた室内とは違う、暖かい空気が肌《はだ》を包む。

デッキにはまったく人気《ひとけ》がなかった。

もちろん関係者以外は立ち入り禁止のデッキだから、当然といえば当然かもしれない。

けれど、見下ろすことのできる一つ下のスイートルームのデッキにも、人影《ひとかげ》はなかった。

時計を持ってこなかったから、正確なことはわからないが、もうずいぶん遅《おそ》い時間なのだろう。

俺は手すりに肘《ひじ》をつき、ため息を零した。

――明後日《あさって》には次の寄港地であるシンガポールに着く。

考えるのはやはり、船医にならないかと言われたことだ。船を下りて、アルとともにニューヨークへ行き船医になる……。

なんだか信じられなかった。提案自体も夢だったんじゃないかという気がするくらい、現実味が薄《うす》い。

シンガポールで船を下りることは最初から決めていたことだから異存はない。けれど、そのあとのことは……。

ニューヨークへ行くか日本へ帰るか。

普通《ふつう》に考えたら、日本へ帰るべきだろう。

こんな出会ったばかりの――しかも肉体関係を持ってしまった男を頼《たよ》って、その男の許《もと》に就職するなんてどう考えてもおかしいとさえ思う。

なのに、なぜ俺は悩《なや》んでいるのだろう……。

その『なぜ』はもちろん、一度ならず二度までも、アルと寝てしまったことに対しても言えることだった。

——正直、あまり深く考えたくない。

自分の気持ちを知ろうとすればするほど、どこかで『もう答えなんか出てるじゃないか』とささやく声が聞こえてくる。

「はぁ…」

だけど、俺が再びため息をついたときだった。

『…だから』

『そんなの………』

どこからか小さな声がして、俺はきょろきょろと辺りを窺う。

言い合っているような男女の声。会話は英語だったけれど、特にその女の声のほうに聞き覚えがあるような気がしたのだ。

『もう嫌《いや》なのっ』

今度は少し大きく聞こえた。ついつい興奮のあまり大きな声が出てしまったという風で、そのあとはまた少し小さな声になる。

『なんで私が我慢《がまん》しなきゃなんないの？』

けれど興奮しているのは変わらないのか、先ほどまでよりもはっきりと聞こえる。

ひょっとして下のデッキだろうかと、手すりから少し身を乗り出すようにして——俺は目を疑った。

ちらりと見えたその横顔は、俺の元結婚《けっこん》相手である芙美香のものだったのだ。

「嘘《うそ》…」

嘘だろう……？

なんで芙美香がここに？　新婚旅行で一緒《いっしょ》に乗るはずだったこの船に…？

『落ち着けよ』

『落ち着いてるわよ』

思わぬ事態にしばらく呆然《ぼうぜん》としていた俺は、なだめるような男の声にはっと我に返った。

芙美香は一人でいるわけじゃない。おそらく今話している相手が、一緒に逃《に》げた男なのだろう。

じゃあ、どうしてこの船に乗っているんだ？

立ち聞きなんてよくないとは思ったけれど、気にならないわけがない。俺は二人の真上辺りまでそっと移動して、なんとか会話を聞き取ろうと耳をそばだてた。

『でも、もう四日よ？　ずっと部屋に閉じこもってばっかりで……せっかく豪華《ごうか》客船での旅行なのに、こんなんじゃ意味ないじゃない』

閉じこもっていた……。

四日ということは、やはり日本で乗船したのだろう。今まで一度も顔を合わせなかったのは、芙美香が部屋に閉じこもっていたせいだったのか。

『あいつが船を下りるまでの我慢だろ。もうすぐじゃないか』

『そうだけど……』

あいつ？　それっ……てひょっとして俺のこと？

——あれだけ乗りたがっていた豪華客船で、芙美香がずっと部屋に閉じこもらなければならない理由。

それは、俺が乗船していたからか……。

けれど……どうして『もうすぐ』だなんて言うのだろう？

確かに次の寄港地まではあと二日しかない。でも、本来俺が下りる予定だったのはもっと先の寄港地なのに。

『もうっ、一紗のやつ、なんで船に乗ったりするのよっ』

それはこっちの台詞《せりふ》というか……恨《うら》みたいのはこっちのほうだ。

芙美香の言葉に、俺の中にあった彼女への罪悪感がことごとく消え失《う》せていくのを感じていた。俺が不甲斐《ふがい》ないからとか、仕事にかまけて一人にしてしまったからとか、これまではいろいろと思っていたけれど――ショックというより、俺は正直呆《あき》れていた。

『まぁ、まさか一人で乗り込んでくるなんて思わなかったからな……』

『笑いごとじゃないでしょっ？』

くすりと笑い声がして、芙美香がそれを聞きとがめて怒《おこ》る。

俺だって乗りたくて乗ったわけじゃない、と思うけれどもちろん反論するわけにもいかずそっとため息をつく。

『ああ、すまない。けれど、兄さんが前もって教えてくれなかったら、部屋の前でばったり会ってたかもしれないと思うとね。たまたま兄さんが乗っているときでよかったよ』

『それはまぁそうだけど……』

兄さん？

どうやら、芙美香たちは偶然《ぐうぜん》俺の乗船を知ったわけではないらしい。

男の兄というのが、この船の関係者なのだろう。『もうすぐ』と言っているのも、俺が予定より早く下船するということを、多分その人から聞いて……。

「……っ」

そう考えたところで、俺はすうっと腹の底を冷たいもので撫《な》でられたような気がした。

――船の関係者で、俺の下船予定を知っている相手。

それは……つまり……。

脳裏《のうり》に浮《う》かんだ相手を、まさか、と打ち消す。そんなわけがない。

……そんなわけが……。

これ以上は聞かないでいたほうがいいと、そう思うのに体が動かなかった。

『大体今日は無理だったけれど、昨日はあいつがコンサートに行っている間にフミカの希望通りプールにも行けたじゃないか。明日もまたチャンスがあるかもしれない。兄さんに聞かずに動いてどこかで鉢合《はちあ》わせでもしたら、今まで我慢したのも全部無駄《むだ》になってしまうだろう？』

『……うん。そうよね』

そう答える芙美香の声が、ひどく遠くから聞こえた気がした。

ああ、やっぱり……と思う。

昨日、コンサートに行かないかと勧《すす》めてくれたのはアルだった。

それだけじゃない。今までだって、きっと俺の行動は全《すべ》て、芙美香たちに筒抜《つつぬ》けだったのだろう。

アルはいつも一緒にいたのだから、俺の行動を見張るのなんて簡単だったはずだ。

――――いや、違《ちが》う。

一緒にいたから見張れるのではなく、見張るために、あんなにいつもぴったりと一緒にいたんだ……。

同じ部屋に俺を呼んだのも、もしかしたら最初に食事に誘《さそ》ってくれたのも…全部、俺を見張るためだった……？

「……あ……」

胸を襲《おそ》った痛みに足元がふらつき、並べてあった椅子《いす》にぶつかってしまう。椅子は倒《たお》れなかったものの、がたりと音を立てる。

その音が聞こえたのか、階下での二人の会話が途絶《とだ》えた。すると、しばらくして靴音《くつおと》とともに、そう遠くない場所でドアの開く音がした。

まさか……と、思ってこっそり下を覗《のぞ》くと、案の定二人は、俺が泊《と》まる予定だったジュニアスイートへと入っていったところだった。

それを見届けた俺は、今度こそその場にふらふらとへたり込んでしまう。

「なんだ……」

なんだ……そうだったのか……。

俺はぼんやりとした目で、アルが眠《ねむ》っている部屋のドアを見つめた。

——まさか、アルが芙美香の駆《か》け落ちを手助けしていたなんて……。

俺に近づいてきたことも、部屋を移れと言ったことも全部弟のためだった？

全部……全部嘘だったのだろうか。

慰《なぐさ》めも、しつこいほどの口説き文句も、医者でいるべきだと言ってくれたことも、船を大切だと語ってくれたことも……全部。

「……っ……」

どうしたらいいんだろう……？

騙《だま》したんだなと怒鳴《どな》って、殴《なぐ》って、泣き喚《わめ》いたらすっきりするだろうか。

そう考えてすぐに、無理だ、と思う。

怒鳴るような気力はなかった。そんな気力があるなら、こんなところに蹲《うずくま》らず、もうすでに駆け出していただろう。

それに何より――……怖《こわ》かった。

アルの口から本当のことを聞くのが。

問《と》い詰めたときのアルの反応を考えると、それだけでたまらなく恐《おそ》ろしくて……胸が痛んで。

震《ふる》えてしまう指先をぎゅっと握《にぎ》りこむ。

ただ考えただけで、指が震えるなんてなんだかおかしかった。

芙美香が乗っているとわかったときは、盗《ぬす》み聞きをするくらい余裕《よゆう》があったのに……。

「そっか…俺…」

嫌でも気付かずにはいられなかった。

自分が、芙美香が同じ船に乗っていたことよりも……アルに騙されたということにショックを受けているということに。

そして………アルを好きになってしまったことにも。

馬鹿《ばか》みたいだと思う。

そして、また裏切られていることに気付きもしなかった自分に嫌気《いやけ》がさした。

芙美香といい、アルといい、一目惚《ぼ》れは鬼門《きもん》なのかもなぁ……と考えてなぜだか笑ってしまう。不思議だった。

胸がこんなに痛むのに、泣くどころか笑える自分が……。

そうしてひとしきり笑ってから、結局、何もなかったことにして船を下りるのが一番いいのだろうな、と思った。

船を下りて、日本に帰る。

最初に考えていた計画通りだ。なんの問題もない、と自分に言い聞かせる。

下船するまでは少しきついかもしれないけれど、何もなかったように過ごすしかない。何も見なかったし、聞かなかった。そう思うしか……。

俺は何度も自分の中でそう繰《く》り返してから、やっと立ち上がった。

アルのところへは戻《もど》りたくないけれど、何もなかったことにする以上戻るしかない。

そう、俺が一歩踏《ふ》み出そうとしたときだった。

『あ、おいっ』

突然《とつぜん》後ろから声をかけられて、俺は驚《おどろ》いて振《ふ》り返る。

『……よりによってあんたか…』

嫌《いや》そうに顔を顰《しか》められて、相手が俺の顔を知っていることに気付く。

そこに立っていたのは見たことのない、西洋人の男だった。

けれど、見たことはなくても声には聞き覚えがある。すぐにさっき芙美香と話していた相手だとわかった。

こいつがアルの弟……？

年は俺と同じくらいだろうか？　身長は俺よりは高いけれど、アルよりは多少低い。顔立ちはそれほど似ていなかったし、髪《かみ》や瞳《ひとみ》の色も照明が満足にないのでよくわからなかった。

『聞いてたんだろ？　俺とフミカの話』

ため息交じりに確認《かくにん》されて、もうこれは否定したところで信じてはもらえないだろうと思って頷《うなず》いた。

『アル――アルベルト・マックレノン氏の弟さんですか？』

『ああ。ジョシュア・マックレノンだ』

それはどうやら相手も同じだったらしく、困惑《こんわく》したような顔で肯定《こうてい》される。

やはりそうなのか……。

そうに違いないと結論を出していたにもかかわらずショックで、俺はそっと目を伏《ふ》せた。

『どこから聞いてたんだ？』

『……芙美香がもう嫌だと言って、あなたがなだめた辺りからですね』

『ほとんど全部だな。は－…兄さんに怒《おこ》られるな……』

どうやら性格もまったく違うようだなと思う。

けれど当人がアルの弟だと言うのだから、もう疑う余地はない。

『とりあえず……カズサ』

『なんですか？』

思い切ったように鋭《するど》い目で見つめられて、俺も挫《くじ》けそうな気持ちをぎりぎりのところで立て直してジョシュアを見つめ返した。

『あんたには悪いけど、フミカはもう俺を選んだんだ。さっさと諦《あきら》めてくれ』

『わかりました』

たった今までの気弱な様子とは違って、強い口調でそう言い切った相手に、俺はなんの感慨《かんがい》もなく頷く。

だが、あまりにもあっさり頷きすぎたのか、ジョシュアは半信半疑という顔になった。

『本当にわかったのか？』

『ええ。邪魔《じゃま》をする気はないですから』

『本当に？』

しつこいな、と言いそうになって俺はあることを思い出した。相手もきっと、多少の交換《こうかん》条件があったほうが安心するだろう。

『一つお願いがあります』

ジョシュアはそうくると思った、というように頷いた。

けれど、次に俺が口にした頼《たの》みごとは、予想の範囲《はんい》外《がい》だったらしい。

『俺が、芙美香とあなたの話を聞いたこと、アルには黙《だま》っておいていただきたいんです』

軽く目を見開いたあと、再び何かを疑うような、不可解なものを見たような目になった。

『なんでだ？　それはむしろ俺が頼むことだろ？』

『どうせあと二日で下りるんだし、揉《も》めごとはごめんですから。……もし黙っていてくれるなら俺も言いません。アルにだけでなく、芙美香の両親にも』

俺がきっぱりと言い切ると、ジョシュアはほんの少し躊躇《ちゅうちょ》したあとはっきりと頷く。

『わかった。約束する』

俺はその答えにほっとして、踵《きびす》を返したその背中をぼんやりと見送った。

これでよかったんだよな、と自分自身に問いかけながら部屋へ戻り、少し迷ってからアルの眠る寝室《しんしつ》へと向かう。

何もなかった振りをするんだ……。

心の中で繰り返してそっとベッドへもぐりこむ。

アルは部屋を出たときと変わらない。こちらを向いた顔は、幸福そうな寝顔《ねがお》のままだ。

それを目にした途端《とたん》、なんだかよくわからなくなってしまった。

全部、悪い夢だったんじゃないだろうか、という気がして。

デッキに出たことも、芙美香やジョシュアが乗船していたことも、そこで聞いた話も……。

けれど、外気に触《ふ》れた体はうっすらと汗《あせ》ばみ、空調にさらされた場所から少しずつ冷やされていく。

アッパーシーツから出ていた肩《かた》は、胸の底と同じようにひんやりとしていた。

◆

翌々日、船はシンガポールに到着《とうちゃく》した。

昨日一日は、疲《つか》れもあるし、これからのことも考えたいから一人にして欲しいと寝室にこもって過ごした。

ジョシュアは約束通りアルには何も告げなかったらしく、心配はされたけれど特に疑われることはなかったと思う。

荷物を詰《つ》めたスーツケースを持って寝室から出ると、そこには特にこれといった準備をしたとは思えないアルが待っていた。

まぁ、どうやらここはアルの私室のようだし、荷物はそのまま置いていって問題ないのだろう。

「おはよう、カズサ。体調はいかがですか？　少し顔色が優《すぐ》れないようですが……」

「考えごとをしていたせいで少し寝不足なだけです。もう問題はありません。ご心配おかけしてすみません」

俺はそう言って、ぎこちなくなりそうな笑《え》みを隠《かく》すために頭を下げた。

「考えごとというのは、今後のことでしょうか？」

「……はい」

アルの問いかけに、俺は俯《うつむ》いたまま頷く。

アルの目を見るのが怖《こわ》かった。

「一緒《いっしょ》にニューヨークへ来ていただけますか？」

その問いに俺は躊躇して……それからゆっくりと頷いた。

「はい…」

「ありがとう。とても嬉《うれ》しいです、カズサ」

アルはぎゅっと俺を抱《だ》きしめて、そう言った。

けれど、繰り返される喜びと感謝の言葉も、これからのことを語るアルの言葉も、夢の中のことみたいにぼんやりとして、頭に入らない。

ただ、罪悪感に少しだけ胸が痛んだ気がした。

「…アル、苦しいので離《はな》れて貰《もら》えますか？」

「すみません、嬉しくて我を忘れました。…カズサ、やっぱり体調が悪いのでは…？」

「いえ、大丈夫《だいじょうぶ》です」

そう言いながら、俺はさりげなくアルの腕《うで》を抜《ぬ》け出して、荷物を手にする。

「………カズサ、本当に一緒に来てくれるんですよね？」

「はい」

再度確認《かくにん》されて、俺は顔を伏せながら頷く。

だけど、俺はニューヨークへ行く気はなかった。空港に着いたら、一人で日本に帰るつもりだった。

――これは、昨日一日かけて決めたこと。

もしも行かないと言ったら、また揉めることになるかもしれない。

なぜと問われたら、最初のうちは誤魔化《ごまか》せても、そのうちに本当のことを吐露《とろ》してしまうかもしれない。

騙《だま》すのは気が引けたけれど、最初に騙したのはアルのほうなのだから責められる理由はないと思った。

もちろん、行かないと言ったところであっさり了承《りようしよう》される可能性も考えなかったわけではない。

けれどそもそもなんでアルが、自分の船の船医になれなんて勧《すす》めたのかを考えると、その可能性は低い気がした。

アルに訊《き》いたわけではないから、本当のことはわからないけれど多分、弟のしたことの罪滅《つみほろ》ぼしのような気分なんだろう。

それによって職をなくした俺を哀《あわ》れんで……もしくは、恨《うら》むあまりジョシュアに危害を加えたりしないよう憂慮《ゆうりよ》したのかもしれないけれど。

考えれば考えるほど自嘲《じちょう》的な気分になる。

「では、行きましょう」

「はい…」

俺はそんな思いを振《ふ》り切るように、アルとともに部屋を出て舷門《げんもん》へと向かった。

六日振《ぶ》りの寄港ということもあって、乗降口付近は人で賑《にぎ》わっている。

誰《だれ》も彼も幸福そうに微笑《ほほえ》んでいる気がして、俺は乗船時にも同じようなことを考えたのを思い出した。

けれどあのときのような……見たくないという気持ちにはならない。

ただ、少しだけ羨《うらや》ましかった。

一昨日《おととい》までは——笑顔で下りられたかはともかく、もっと前向きな気持ちで下りることができると思っていたから。

港からチャンギ国際空港まではアルの用意してくれた車で、三十分もかからなかった。

けれど、これからのことを考えて息が詰まるくらい緊張《きんちょう》していた俺には、ものすごく長く感じられた。

幸い、アルは俺の緊張をニューヨークへ行くことに対するものだと思っていたらしい。何度かそんなに緊張しなくても大丈夫だと言われたくらいで、疑っている様子はなかった。

空港に着くと俺はチェックインカウンターに行くよりも前に、トイレに行くから荷物を見ていて欲しいとアルに頼んだ。

荷物を預けておけば、きっと疑われることもないだろうと思ったから。もちろん、パスポートや財布《さいふ》、家や車の鍵《かぎ》などの必要最低限のものはポケットに入れてある。

そのほかのものは全《すべ》て諦《あきら》めるつもりだった。

案の定、トイレの出入口からアルのほうを窺《うかが》うと、携帯《けいたい》でどこかに連絡《れんらく》をとっているところらしく視線は電光掲示板《けいじばん》のほうへと向かっていた。

その隙《すき》にトイレから離れて、すぐに日本へ向かう飛行機のチケットを取る。

一番早い便はエコノミーが空いていなかったのでビジネスになってしまったけれど、選《え》り好みをしている余裕《よゆう》はなかった。

もしも、搭乗《とうじょう》の始まっている日本へ向かう便がなければ、香港《ホンコン》でもどこでもいいから乗ってしまうつもりだったぐらいだ。日本行きの便があっただけでも、幸運だったと思う。

はらはらしながらチェックインカウンターを抜けて、急いで搭乗口へ向かう。

離陸《りりく》時間まで間がなかったこともあって、俺が乗り込んだときにはもうほとんどの人が座席に着いているようだった。

すぐに、フライトアテンダントにシートベルトの着用を促《うなが》される。けれど、その段になっても俺は不安で仕方がなかった。ついつい出入口のほうへ視線が向いてしまう。

心臓がうるさいくらいに鳴っていて、耳を塞《ふさ》ぎたいような気分になる。

けれど、それも飛行機が動き出すまでのことだった。

車が走り出すときのような揺《ゆ》れがあって、俺はやっと出入口のほうから目を離す。

前方の画面に車輪と地面が映し出され、窓の外の景色が流れていくのを見ているうちに、たいした衝撃《しょうげき》もなくその景色が斜《なな》めになる。

俺はそれを見てからやっと体の力を抜いて、背もたれに体を預けた。

「――飛行機が苦手なんですか？」

「え？」

突然《とつぜん》声をかけられて、俺はぎくりと身を強張《こわば》らせる。

「離陸するまですごく不安そうだったから。入口のほうずっと見てるし、降りたいのかなって」

日本語でそう話しかけてきたのは、隣《となり》に座っていた二十代半ばくらいの女性だった。俺の態度がおかしかったのか、小さく笑い声を立てる。

「そういうわけではないんですが……」

そう答えてしまってから、苦手だと言えばよかったかなと思った。本当の理由を説明することはできないのだから。

「そうなんですか？」

案の定不思議そうな顔をされて、俺は言葉に詰まった。

「ふぅん……じゃあ、何か忘れ物したとか？」

忘れ物……。

それに近いかもしれない。物、ではないけれど。置いてきたことは確かなのだから。

「まぁ、そんなところです」

「大切な物ですか？　私も前にやっちゃったことあるんです。ホテルに忘れたなら送ってもらえると思いますけど」

「いえ。……もう、いいんです」

俺の答えに、相手は納得《なっとく》しているとは思えない不思議そうな表情になったけれど、幸いそれ以上突《つ》っ込まれることはなかった。

俺は機体が水平飛行に移って、シートベルト着用のランプが消えたのを潮に、すぐにヘッドフォンとアイマスクをつけて寝《ね》たふりを決め込むことにする。

正直誰かと話をする気分ではなかった。

けれど……。

目を閉じるとすぐに、アルのことを思った。

アルはどうしているだろうか。

俺が戻《もど》らないことを、不審《ふしん》に思っているだろうか。

……捜《さが》しているだろうか……？

それとも、いなくなったならなったでいいと思っているだろうか。

——それが正解だという気がした。

人の親切を無駄《むだ》にしたと、怒《おこ》ったり呆《あき》れたりしているかもしれない。

少なくとも、無責任なことをしたとは思う。実際に契約《けいやく》する前だったから、どこかに支障が出るということもないとは思う。

けれど、自分が嘘《うそ》をついたことも、一度は頷《うなず》いた話を反故《ほご》にしたのも確かなのだから。

『大切な物ですか？』

さっき隣の女性に訊かれた言葉が、不意に脳裏《のうり》に浮《う》かんだ。

大切な物、だったのだろうか。

——……わからない。

今はまだ、何も考えたくなかった……。

そんなことを思ううちに寝てしまったらしく、飛行機はあっという間に成田《なりた》へと到着《とうちゃく》した。

シンガポールから成田までは約七時間。船で一週間かかったのが嘘のようだと思う。

隣に座っていた女性と挨拶《あいさつ》を交《か》わしつつ、飛行機から降りて、成田エクスプレスに乗っている間も自分が日本にいることが信じられなかった。

けれど、芙美香との新居として用意したマンションに帰り着いた途端《とたん》、信じられなかったのではなく、信じたくなかったのだと気付く。

こんなにあっさり自分がここに帰ってこれたことを、安堵《あんど》するより先に辛《つら》いと感じた。

……もう、これでアルとは本当になんの関係もなくなったのだ。

ふらふらとベッドに倒《たお》れ込む。

体がマットにずぶずぶと沈《しず》んでいきそうなくらい、体が重かった。

追ってこられないようにしたのは自分だ。

なのに、今自分がアルから遠く離《はな》れた場所にいることに傷ついている。

身勝手にもほどがあると思うのと同時に、どうして、と思う。

目頭《めがしら》が熱くなって、堪《こら》えようもなく涙《なみだ》が溢《あふ》れる。

「っ…ふぅっ…くっ……っ」

心だけでなく体も全て、ばらばらに千切れてしまったかのように痛かった。

自分でも本当に馬鹿《ばか》みたいだと思う。

裏切られたのだと――いや、最初から騙《だま》していたのだと知ってもなお、アルを嫌《きら》いになることはできなかった。

好きだとか、愛しているだとか、可愛《かわい》いだとか、素敵《すてき》だとか……。

たくさんの歯の浮くような口説き文句。

その全てが嘘だとしても、アルを好きになった自分の気持ちだけは本当だったと思い知らされた。

そして、口先だけの慰《なぐさ》めだったとしても、俺の気持ちが慰められたのもまた確かで……。

辛くて、辛くて……。

泣きながら寝て、泣きながら起きて……みっともないくらい泣きじゃくりながら、心に決める。

やり直そう。医者として、もう一度。

もう、自分にはそれしか残されていないのだから。

――そう、思った……。

◆

「どうするかな……」

まだ生活の始まっていない、どこかガランとした印象の部屋で俺はパソコンの画面に向かってため息を零《こぼ》す。

泣いて泣いて、目の腫《は》れと顔のむくみを治すのに丸一日かかった。けれど、その甲斐《かい》あってほんの少しだけれどすっきりしたような気がする。

そのせいで、病院に顔を出せたのは、帰国してから三日も経《た》ってからになってしまったけれど。

とはいえ休暇《きゅうか》は明日までの予定だったから、予定よりは一日早い。

退職願を出した俺に院長が、俺から言い出してくれて助かったというようにほっとした顔をしたのには、少し腹が立ったけれど些細《ささい》なことだ。正式に退職したことで、心は少し軽くなった。

退職金も出るし、結婚式《けっこんしき》や披露宴《ひろうえん》のキャンセル代なんかは——当然と言えば当然かもしれないが——院長のほうで出すことになったから貯金もある。

このマンションは芙美香と暮らす予定だったものだから、次の職場が決まり次第《しだい》、さっさと引き払《はら》って新しい場所を借りるつもりだった。院長にもその旨《むね》は伝えてある。

実家に帰ることも考えたけれど、嫁《よめ》に逃《に》げられた長男が帰ってきたとなれば、近所の目が気になる。実家で暮らしている姉夫婦にも迷惑《めいわく》がかかるだろう。そう考えると憚《はばか》られた。

また、ホテルにでも泊《と》まろうか、とも思ったけれど、就職先が決まるまではきちんとした住所があったほうがいいような気がしたのだ。

とりあえずインターネットで、求職登録の申し込みはした。あとは返信を待ってからいくつか当たってみることになるだろう。

「それまで荷物でもまとめるか……」

当座の生活に必要なものだけを残して、小物類はしまっておこうと思う。

ここに引越《ひっこ》すに当たっては芙美香が面倒《めんどう》だと言ったこともあったし、俺も忙《いそが》しくて時間が取れなかったから、引越し業者にお任せするプランにしたけれど、今は時間があるのだし荷造りを自分でしたほうが安くつくのは間違《まちが》いない。

……段ボール箱をもらってこないといけないな。

それがないと荷造りは始まらない。あと新聞紙とか、緩衝材《かんしょうざい》になるものも必要だろう。

俺は、近所のコンビニで新聞は買うとして、そのついでに段ボールがもらえないか訊《き》いてみようと、着ていたシャツの上にジャケットを羽織ると、財布《さいふ》と鍵《かぎ》だけを持って部屋を出た。

幸いこのマンションでの生活は始めたばかりだったけれど、職場に程近《ほどちか》いため地理は大体わかっている。

コンビニまでは歩いて五分もかからないはずだった。

けれど。

「カズサ」

いつの間にかすっかり耳に馴染《なじ》んでいた声で名前を呼ばれて、俺は立ち竦《すく》んだ。

まさか、と思う。

そんなわけがないとさえ思った。

だが、俺の肩《かた》を摑《つか》み振《ふ》り向かせたのは、間違いなく——アルだった。

「なんで……？」

あまりに突然《とつぜん》のことに、頭がついていかない。自分が今どこにいるのかも見失ってしまいそうだった。

ここはまだあの船の上で、芙美香を見たことも、ジョシュアと話したことも、飛行機で日本へ帰ってきたことも全《すべ》て夢だったんじゃないかとさえ思える。

「どうしてここに……？」

「カズサを迎《むか》えにきました」

アルはなんでもないことのようにそう言って、微笑《ほほえ》む。

それがますます信じられなくて、俺はただ目を見開くことしかできなかった。

「約束しました。一緒《いっしょ》に来てください」

俺は無言で首を横に振る。

「なぜですか？」

「なぜって……」

だって、おかしいだろう？　俺はアルを騙して逃げてきたのだ。

そしてもちろん、逃げたのはアルに騙されていたことを知ったせいである。

こんな風に言われてはいと頷くわけがない。そんなことがアルにわからないはずもないと思う。

「カズサ、私はあなたに謝らなければならないことがあります」

摑まれたままだった肩がビクリと揺《ゆ》れる。

「っ……聞きたくないっ」

考えるよりも前に、大声を上げてアルの手を振り解《ほど》いていた。今まで突然のことに凍《こお》りついていた感情が、一気に解け出したようだった。

胸に迫《せま》ったのは恐怖《きょうふ》だ。

あの夜、予感したものとまったく同じ、真実を突《つ》きつけられるという恐怖。

それを聞きたくなくてここまで逃げてきたのだ。

俺は驚《おどろ》いたように目を瞠《みは》ったアルを置いて、さっと踵《きびす》を返した。

マンションのエントランスへと走る。

けれど、オートロックの認証《にんしょう》を解除しようとしたところでアルに追いつかれてしまった。

「離してっ」

腕《うで》を摑まれ、向き合うように捕《と》らえられる。

「カズサ、落ち着いてください」

「いや……――っ」

叫《さけ》ぼうとした口を塞《ふさ》いだのは、アルの唇《くちびる》だった。

まさかアルがそんな強引《ごういん》な手段に出ると思わなかったせいもあって、そのまま抗《あらが》う間もなく腕を引かれ、マンションの玄関先《げんかんさき》に滑《すべ》り込んできた車へと連れ込まれてしまう。

『出せ』

アルがそう言った途端《とたん》、車はすっと動き出した。

「ちょっ…俺、降りますっ」

慌《あわ》てて、ドアに手を掛《か》けたけれど、ロックされていて開かない。

そうこうしている間に、車は速度を上げ、マンションはあっという間に遠ざかってしまう。

「なんでこんな……」

俺はしばらく呆然《ぼうぜん》と窓の外を見ていたけれど、結局こうなってしまった以上はどうしようもない。

諦《あきら》めて座席に座りなおすと、正面に座っているアルを睨《にら》みつけた。

ちゃんと見たわけじゃないから確かな車種はわからなかったけれど、たぶんリムジンと呼ばれる車だろうと思う。

まさか自分が乗る日が来るとは思わなかった。

「降ろしてください。帰ります」

「カズサ、お願いですから、私の話を聞いてください」

アルはそう言うと、まっすぐに俺の目を覗《のぞ》き込んできた。

俺はその目から逃《のが》れたくて、首を横に振ったあと、視線をそらす。

「聞きたくない……」

「カズサ」

俺を呼ぶアルの声に、切ないくらい心が震《ふる》える。

さっきも声だけですぐ、アルだとわかった。

――あの一週間。

何度も何度も、数え切れないほどにアルは俺の名前を呼んだ。

長かったような気もするし、あっという間だったような気もする。

楽しいことは短く、辛《つら》いことは長く感じると言うけれど、思い出すときはなぜか逆になるらしい。

下船した日とその前日のことはほとんど覚えていないため、一瞬《いっしゅん》のことだった気がする。なのに、一緒にコンサートへ行ったことや、ライブラリーを見たときのことは驚くくらい鮮《せん》明《めい》に思い出せる。とても四日間であったこととは思えないくらいだ。

そして、こんなことになってもあの四日間を楽しかったと思える自分に俺は驚いていた。もちろん、思い出せば胸が痛むのは確かだけれど、それでも忘れたいとは思えなかったのだ。

きっとそれは、アルを嫌《きら》いになれないのと同じことなんだろう。

「お願いです。カズサ」

言い募《つの》る言葉にただ首を振りながら、本当はもう、逃げられないのはわかっていた。

覚悟《かくご》を決めなければならないのだということも。

きっと『謝らなければならないことがある』と言っている以上、アルはもう俺がどうして逃げたのかもきっとわかっているはずだ。

マンションを知っていたことから考えても、芙美香からなんらかの話は訊き出したのだろうし、その際ジョシュアが話してしまったとしてもおかしくはない。

なんにせよ、俺には謝罪を受け入れるしかないのだと思う。

そしてもしアルがもう一度、船医の話を持ち出してきたら、今度こそきっぱり断ろう。

同情で仕事を紹介《しょうかい》されても、嬉《うれ》しくもなんともないし、もう二度と裏切られるのが嫌《いや》だから関《かか》わりたくない、と言うくらいの権利は俺にだってあるはずだ。

「カズサ……」

そう心に決めて、俺は何度目かの呼びかけにそっと顔を上げてアルを見つめた。

ほっとしたように微笑みかけられて、胸がツキリと痛む。

「俺は…」

しかし、表情を強張《こわば》らせたまま言いかけると、それを遮《さえぎ》るかのようにしてアルが頭を下げたのだ。

「申し訳ありませんでした」

「…っ」

――謝るということはつまり、認めるということだ。

俺を騙《だま》したこと。嘘《うそ》をついたことを。

俺は謝られたことが予想以上にショックで、ぎゅっと手のひらを握《にぎ》り締《し》める。

もしも、あれがすべてジョシュアのついた嘘だったなら、アルは逆に俺をなじっただろう。

「や……やめてください……。顔、上げてください」

声が震えて、自分でも情けないと思うけれど、泣きそうになった。

「もう、いいです。ジョシュアさんに全部聞きましたから」

「全部？」

詳《くわ》しいことを聞かされたら、余計に辛くなると思ってそう言うと、アルは顔を上げ再び俺を見つめる。

「私がなぜジョシュアに協力したか、その理由も聞いたのですか？」

「理由って……そんなの、弟さんなんだから当然じゃないですか」

俺は再び下を向いた。強く握り締めた拳《こぶし》は色をなくし、白く見える。

「違《ちが》います。私はジョシュアの話を聞いて、弟の話が理にかなっていると考えたから協力したのです」

理にかなっている？　つまり俺のしていたことのほうが不条理だったというのだろうか。単に弟だから味方したと言われるよりひどい…と俺が落ち込みそうになった瞬間。

「けれど――それは嘘だった」

「……え？」

その言葉に俺は驚いて顔を上げた。

アルは、俺を見て一瞬優《やさ》しく微笑《ほほえ》んだあと、すぐにまた真剣《しんけん》な顔になる。

「その件については弟からきちんと説明させますから」

「あ、あの、それってどういう……」

俺が質問を終えるより先に、車が止まった。

「さぁ、降りてください」

先に降りたアルに手を差し伸《の》べられて、俺は恐《おそ》る恐るその手を取る。

そこはシティホテルの車寄せだった。病院からそこそこ近いため、何度か利用したことがある。

「どうぞ、こちらです」

ロビーに入ると、そこにいるほとんどの人間の視線がアルへと向かう。当然、アルに手を取られたままエスコートされている形の俺にも。

俺は手を振《ふ》り解《ほど》こうか迷ったけれど、アルが人の目なんて気にせずにさっさとエレベーターホールへ向かったため、なんとなくタイミングを逸《いっ》してそのままにしてしまった。

待機していたエレベーターに二人で乗り込む。おそらく、アルはここに滞在《たいざい》しているのだろう。降りたのは、三十二階のプレジデントフロアだった。専用のラウンジを横目に客室へと向かう。

ここまで来て、俺は嫌な予感に顔を曇《くも》らせた。

アルは何も答えてくれなかったけれど、あの話の展開からすると、この先に待っているのはもしかして……。

「あの…」

「カズサ、どうぞ」

けれど、俺の逡巡《しゅんじゅん》には構わず、アルは手にしていたキーで客室のドアを開けた。

見える範囲《はんい》にベッドはない。おそらくスイートルームなのだろう。

広いリビングルームのやや奥よりに、アルよりも体格のいい同年代くらいの男が立っていて、アルに向かって頭を下げた。

『お帰りなさいませ』

アルは軽く頷《うなず》く。

「カズサ、私の秘書のバルドヴィーノです」

「はじめまして、アサミ様」

あらかじめ俺のことは知らせてあったのか、バルドヴィーノ氏は迷わず俺を苗字《みょうじ》で呼び、先ほどアルにしたのと同じようにお辞儀《じぎ》をした。

「はじめまして」

体格からすると秘書というより、ボディーガードみたいだなと思いつつ、そう挨拶《あいさつ》すると、バルドヴィーノ氏は小さく微笑んでくれる。

けれど、俺がほっとできたのはそこまでだった。

『ジョシュアたちをここへ』

勧《すす》められるままにソファに腰《こし》を下ろした途端《とたん》、ソファの後ろに立っていたアルが、バルドヴィーノ氏にそう言ったのである。

『はい』

バルドヴィーノ氏は頷いて、奥のドアへと向かった。

やっぱり……。

俺は半ば愕然《がくぜん》として、バルドヴィーノ氏が向かった先のドアを見つめる。

正直、会いたいとは思えなかった。ジョシュアにも芙美香にも。

それはいまだに恨《うら》んでいるからではなくて、むしろ恨まれているのではないかと思ったからだ。

『アルベルト様がお戻《もど》りです』

バルドヴィーノ氏がノックしてそう告げると、しばらくして中からジョシュアと芙美香が姿を現した。

緊張《きんちょう》に、喉《のど》の辺りが締め付けられた気がする。

ジョシュアの片頬《かたほお》にはシップが張られていて、下の怪我《けが》は見えなくても腫《は》れているのがわかる。

芙美香の目は泣いたのか赤くなっていた。

……………もしかして、あれってアルがやったのだろうか？

俺は少しだけ振り返ってちらりとアルを見た。

暴力とは無縁《むえん》のタイプだと思っていたけれど……。

『すみませんでした』

「一紗、ごめんなさいっ」

そんなことを考えている一方で、どんな罵倒《ばとう》を受けるのだろうかと身構えていた俺は、目の前まで来たジョシュアと芙美香が、そろって頭を下げたことに驚《おどろ》いた。

二人がここにいることまでは予想できたけれど、まさかこんな風に謝られるとは考えてもみなかったからだ。

第一、ジョシュアはあのとき話しただけだからなんとも言えないけれど、芙美香はこういう場面で素直《すなお》に謝るようなタイプではない。

謝ることを恥《はじ》だと思っているあたりは、父親である院長にそっくりだと思っていたくらいだ。

それなのに……。

呆然《ぼうぜん》とする俺に向かって、最初に口を開いたのは芙美香のほうだった。

「ひどいことしたってわかってたの。けど、ジョシュアに出会ったときにはもう結婚式《けっこんしき》まで間がなくて、招待状も出しちゃったあとだったから……。父に言えば絶対に反対されると思ったし。ジョシュアは医者じゃないし、第一世間体《てい》が悪いって……」

芙美香はそう言って、下唇《したくちびる》を嚙《か》んで沈黙《ちんもく》する。

突然《とつぜん》の告白にただただ驚いていた俺も、それでようやく思考が戻ってきた。

……確かに、院長ならそう言ったかもしれない。

けれど、もしもそれが招待状を出す前だったら、きっとそんなに反対されることはなかったと思う。なんといっても、院長は彼女には甘いのだ。

「それで黙《だま》って逃《に》げたの。一紗に迷惑掛《か》けるってわかってて……メリディアナに乗ってそのまま逃げるつもりだった。まさか一紗が乗ってるなんて思わなくて、それで……──っ」

今まで聞いたことのないくらい、悲痛な声でそう言うとぽろぽろと涙《なみだ》を零《こぼ》した。

彼女が泣くところなんて、一度も見たことがなかった俺は、ただ驚いて声も出ない。

どうして俺に何も言ってくれなかったのかと、あのあと何度も考えたことすら口にすることはできなかった。

一体アルが芙美香に何を──どんな話をしたのかはわからなかったけれど、気の強い彼女が平身低頭して涙を零すなんて、尋常《じんじょう》じゃないと思う。

言葉に詰《つ》まった芙美香をかばうように、今度はジョシュアが話し出す。

『フミカの結婚が決まっているのを知っても、俺はフミカを諦《あきら》めることができませんでした。それで、二人で逃げようって、メリディアナに乗ったんです』

ジョシュアは日本語がわからないのだろう。芙美香が語った内容をもう一度繰《く》り返した。

けれど、そのあとはやはり言い辛《づら》そうに口ごもる。

アルのほうをちらりと見た顔は、本当に心の底から恐ろしいものを見るようで、本当に一体何があったのか、そのほうが気になるくらいだった。

『──……あなたが乗ってきたのは予想外だった。俺は兄が乗っていることを知っていたから、チケットも取らずにメリディアナに乗ったし、ばれるはずもないと思ったけど、ひょっとしたら追ってきたのかもって……』

俺がジョシュアの立場でもそう考えただろう。

逃げているときは特に疑心暗鬼《ぎしんあんき》というか……些細《ささい》なことでも気になるものだというのは、俺にもよくわかる心理だった。

『そ、それで……俺は兄の協力を取り付けるために、嘘《うそ》をつきました。あなたは次期院長の椅《い》子《す》のためにフミカの父親に取り入って、嫌《いや》がるフミカと強引《ごういん》に結婚しようとしているんだって……。兄は俺の言葉を信じて俺たちを匿《かくま》ってくれたんです』

アルが言っていた嘘、というのがそれだったのだろう。

アルはこの嘘を信じたから、俺を騙《だま》したのだ。

けれど……俺にはもう二人を責めるつもりはなかった。

『本当に申し訳なかったと思います』

「ご、めんなさい……っ、許して、お願いっ」

だから、再び二人にそろって頭を下げられても、ただ困惑《こんわく》してしまう。

確かに二人のしたことには傷付けられたけれど、それは俺の中ではとっくに過去のことだった。

なんだか突然のことに毒気を抜《ぬ》かれたというのもあったし、多分俺が何を言わなくても、アルが二人を叱責《しっせき》しただろうし……。

それよりもむしろ、アルが俺をそんなやつだと思って騙し続けていたということのほうがショックだったのだと思う。

それに……。

『もういいです。俺もあなたを騙してしまいましたから』

思わず苦笑《くしょう》すると、ジョシュアはなんのことかわからないというように、不思議そうな表情になった。

『俺、船で二人に会ったことをアルには内緒《ないしょ》にしてくれって頼《たの》みましたよね？　俺もアルや芙美香の両親には言わないって。けど、そのときには俺、逃げたらアルにはばれるだろうなってわかってたんです』

アルはそんなに鈍《にぶ》くない。現にこうして発覚した。

まぁ、アルに言わないという意味では約束を守ったことになるかもしれないけれど、言わなくてもばれるのを確信していた以上アンフェアだったことは間違《まちが》いない。

それに、強引に結婚しようとしたわけじゃないけど、次期院長の椅子のためっていうのは完全に的外れだったわけでもないし……。

「とにかく、もう終わったことだから…芙美香も。院長には帰ってきたこと言ったの？」

「ううん、まだ。これから言いに行くつもり」

「そっか。……頑張《がんば》れよ」

俺がそう言うと、芙美香は驚いたように目を瞠《みは》り——顔を顰《しか》めて少しだけ泣いた。

そして何度も頷《うなず》くと、バルドヴィーノ氏に伴《とも》われ、ジョシュアと一緒《いっしょ》に部屋を出ていく。

なんとなく、最後の涙だけは本物だという気がした。

一年も付き合っていたのに、なんとなく、なのは少し情けないだろうかと思うけれど。

二人を見送ってから、アルは俺の隣《となり》に座った。

「……どうして隣に座るんですか」

思わずそう口にした俺に、アルはほっとしたように表情を緩《ゆる》める。

「少しでもカズサのそばにいたいからです。私の話も聞いていただけますか？」

俺はアルの顔をしばらく睨《にら》んで、それから結局頷いた。

「ありがとう」

アルはそう言うと、少し体を俺のほうに傾《かたむ》けるようにしてゆっくりと話し出す。

「……私は確かに、ジョシュアの言い分を信じました。信じて、あの二人に味方しようと決めた」

俺は何も言わず、ただ小さく頷く。

やはり口説き文句は嘘だったのだ、と思う。そんな状況《じょうきょう》で一目惚《ぼ》れなんてありえない。

アルはやっぱり真実を知った俺に謝罪しようと……ただ、それだけを思ってここまで来たのだろう。

そう考えた俺に、アルは思わぬことを告げた。

「けれど、私はそれよりも前にカズサに出会っていました」

「え……」

「中江氏が倒《たお》れたときです」

言われて、あれのほうが二人の話を聞くより先だったのか、とぼんやり思う。

けれど、すぐにはその意味が飲み込めなかった。

「私はカズサに一目惚れしました。だから、二人の言う『アサミ』があなただと知って、驚いた。カズサはジョシュアの言ったような人物には見えませんでしたから」

そんな……嘘だ。

信じられない。そう思うのに、胸のどこかが少しずつ温まっていくような錯覚《さっかく》がする。

「無償《むしょう》であんなにも真剣《しんけん》に医療行為《いりょうこうい》を行う人物が、地位のために女性を不幸にしようとしているなんて、信じられなかった」

とん、とアルの言葉が小さく胸を叩《たた》いた気がした。

けれど、それでも俺はまだアルの言葉を信じていいのかわからない。

「そのあと話をして、すぐに嘘をついているのは弟のほうだとわかりました。カズサは私が最初に思った通りの人だった。自分の仕事に誇《ほこ》りを持っていて、傷つきやすく、人を信じることができる。そしてとても可愛――」

「で、でもっ」

とても最後まで聞いていられずに、俺はアルの言葉を遮《さえぎ》った。

「だったらなんで、最初から芙美香たちのことを教えてくれなかったんですか？」

口にしてから、それはたまたまとっさに出た言葉なんかじゃなくて、ずっと訊《き》きたかったことだったのだと気付く。

「……――どうして、騙したんですか？」

ドクリと、心臓が嫌な感じに鳴った。

「どうして……？」

声が震《ふる》えて、俺はアルを見つめることができずに俯《うつむ》く。

答えを聞くのが怖《こわ》かった。

そして、そうか、と思う。

アルの言葉を信じられないのは、また騙されるのが怖いからだ。

震えてしまう指先を手のひらに握《にぎ》りこもうとした――そのとき。

アルの腕《うで》が俺の背に回り、ぎゅっと抱《だ》きしめた。

「怖かったんです」

抗《あらが》おうとした俺は、耳元で聞こえたその言葉に思わず動きを止める。

腕の力が強くなった。アルの胸に頰《ほお》が当たって、圧迫《あっぱく》される。でも、苦しいとは思わなかった。

………怖い？

……アルが？

アルが何を怖がるというのだろう？

「フミカさんが乗っていると知ったら、カズサが彼女を取り戻《もど》したいと……望むかもしれないと思ったんです。それが、怖くて……」

アルの声は体を離《はな》したら聞こえなくなりそうなほど、小さくて、弱々しいものだった。

「どうしても言えなかった」

背中に回された腕。その指先がかすかに震えている。

それを感じた途端《とたん》、俺は自分の心も同じように震えるのを感じた。

――……騙されているということを突《つ》きつけられるのが、ずっと怖かった。

けれど、騙していたアルも同じように恐怖《きょうふ》を感じていたのだと思うと……。

「信じてください」

俺はアルの背中に腕を回し、そっと抱きしめた。

アルの腕が驚《おどろ》いたように一瞬《いっしゅん》緩《ゆる》み、それから再びきつく抱きしめられる。

「カズサ……？」

俺はアルの胸に額を押し付けるようにして頷いた。

もう一度、信じてみようと思う。怖くないわけじゃないけれど、それでも。

「……信じます」

俺がそうささやいた途端、アルは詰《つ》めていた息を吐《は》き出すように、大きくため息をついた。

その吐息《といき》は少しだけ震えていて……。

「ありがとう……。愛しています」

耳元で聞こえたその声は、少し潤《うる》んでいるような気がした……。


「あ、アル、待って…んっ……」

ソファの上で繰《く》り返されるキスに、少しずつ体が沈《しず》んでいくのは感じていた。けれどそのまま、アルに左足をソファの上へと上げられて、足の間に入り込まれたことにうろたえる。

アルはそんな俺に構わず、唇《くちびる》を塞《ふさ》ぐと、シャツの裾《すそ》からさっと手をもぐりこませてきた。ジャケットはとうの昔に脱《ぬ》がされて、アルのジャケットと一緒に隣のソファの上に投げられている。

「んっ……ぅ…ん」

いつもながらアルのキスは悔《くや》しいぐらい巧《たく》みだった。口内に差し入れられた舌はここに快感があるのだと俺に教えこむように動く。

逆らおうにも意識のほとんどはキスに持っていかれてしまって、キスが続く限り俺の思考回路はまったく役に立ちそうもなかった。

アルの背中に回した腕もシャツを摑んだまま、引き離そうとしているのか抱き寄せようとしているのか、自分でも判然としない。

「ふ……あっ」

急にアルの唇が離れたと思ったら、もぐりこんでいた指にぐりっと乳首《ちくび》を押されて、体が震えた。

「カズサの体はどこも敏感《びんかん》ですね」

「あぁっ、や……んっ」

耳の下を強く吸われるのと同時に、今度は撫《な》でるようにそっと乳輪をなぞられて俺は首を竦《すく》める。

「私の指だから感じてくれるのだと思いたいと言ったらわがままでしょうか？」

アルはそう言うと、乳首に触《ふ》れているのとは別の手でじんじんと痺《しび》れている唇に触れた。

「あっ、ん……んっ」

そっと唇をたどられて、それだけでキスが欲しくて仕方なくなる。

「アル…っ」

アルの背をぎゅっと抱くと、その意図が伝わったのかキスが降ってきた。

けれどそれはさっきまでとは違《ちが》う、触れるだけのもので、俺はつい不満げにアルを見つめてしまったらしい。

「カズサはキスが好きなのですか？　それとも私が？」

からかうような言葉に、ほんの少し本気の色が交じる。

もしもここでキスだと答えたら、二度とキスはしてもらえないんじゃないかと……そんな気さえした。

「カズサ？」

「……アルのキスが好き」

折衷案《せっちゅうあん》を取った俺にアルは苦笑《くしょう》する。

「仕方ありません。それで満足しましょう」

下唇を軽く吸われて、開いた唇の間にそっと舌が入り込んできた。

「ん……んっ……ぁ……っ」

しばらくアルはそうして俺の舌が痺れるくらいまで、キスだけを繰り返してくれる。

シャツの下にあった手も、胸ではなくて首筋や耳の辺りにそっと触れて、キスの快感を増幅《ぞうふく》させた。

唇が離れたときには、俺はもうそれだけで自分の下半身がやばいところまで来ているのを、自覚せずにはいられないような状態で……。

アルはくたりとしている俺の腰を持ち上げるようにして、ズボンと一緒《いっしょ》に下着までを取り去った。

「ひぁっ……んっ」

濡《ぬ》れてしまっている場所を直接握りこまれる。

足の間にアルがいるせいで、恥《は》ずかしくてもそこを閉じることはできない。

「キスだけでこんなに感じて……」

「や……っ、あっ、あぁっ」

先端《せんたん》部分に触れた指がくちゅりと音を立ててそこを擦《こす》った。

腰《こし》ががくがくと震えて、それだけで達しそうになるのをなんとか堪《こら》える。

「我慢《がまん》しなくていいんですよ？」

アルはそう言うと、俺の足の間を覗《のぞ》き込むようにして……。

「ちょっ…や……っ、あぁ…っ」

生暖かいものにすっぽりと包まれる感覚に、俺は腰を捩《よじ》ろうとしたけれど、アルの腕にしっかりと足を掴まれているせいで動けない。

口腔《こうこう》内でアルの舌が自分のものに絡《から》みつくのがわかった。

「やめ……っ、あっ、あぁっ」

こんなのは嫌《いや》だと思うのに、おかしくなりそうなくらい気持ちがいい。

唇で締《し》め付けられながら、先端部分を尖《とが》らせた舌で抉《えぐ》られると、がくがくと腰が震《ふる》えるのを止められない。

その上、アルは俺がどれだけ感じているかを見せつけるみたいに、わざと音を立ててすすったりもする。

そのたびに俺は羞恥《しゅうち》と同じだけの快感を覚えてしまう。

「あっ、あんっ…も…だめっ」

このままじゃ、アルの口の中に……。

「は、離して……っ」

それだけはどうしても避《さ》けたくて、俺はアルの顔へと手を伸《の》ばす。

「アルっ、もう、だめっ……て」

引き離そうとするけれど、アルは一向に離れてくれない。

それどころか逆に腰から下をがっちりホールドされて、さらに舌で攻《せ》め立てられて……。

「やっ、いくっ、いくか…らっ……あ…あぁ——……っ」

結局、俺はそのままアルの口の中に放出してしまったのである。

「…はっ…はぁっ……ひ、どいっ」

整わない息の合間でアルを責めるけれど、アルのほうはけろりとして…というか嬉《うれ》しそうに微笑《ほほえ》んでいる。

「ひどいことは何もしていませんよ。愛し合う恋人《こいびと》たちなら当然のことです」

「っ…でも、離してって言ったのに……」

もちろん俺だって、こういう行為《こうい》があることは知っている。

けれど、させたことはなかったし、したことだって——当たり前だけどない。その上、あれを吐き出した形跡《けいせき》もない。ってことは……の…飲んだってことだろう。

そう考えるとますます恥ずかしくて、俺は涙目《なみだめ》になってアルを睨《にら》んだ。

……けれど。

「私はしたかったし、これからもしたいです」

「う……っ」

そう、堂々と言い放たれて、正直怯《ひる》んだ。

「カズサの恥じらいも、そういった保守的な姿勢も、とても可愛《かわい》らしいですが、少しずつ慣れてください」

言い聞かせるような口調で、にっこり微笑まれる。

少しずつ……。ってことはまだまだいろいろあるというのだろうか。まさか。

そんなことを考えて、俺が呆然《ぼうぜん》としている間に、アルは自分の服を脱いで再び覆《おお》いかぶさってきた。

「そんなに心配しなくても大丈夫《だいじょうぶ》ですよ。おかしなことはしませんから」

おかしなこと、の定義がわからなくてなんとなく不安は残ったけれど、俺は小さく頷《うなず》く。

アルはそれに満足そうに目を細めると、額と頬《ほお》、そして唇《くちびる》にキスを落とした。

「あ……」

アルの指がシャツの上から胸を探《さぐ》る。

そういえば……シャツはまだ着たままだったことに気付いて、俺はかぁっと顔が熱くなった。

下は全部脱《ぬ》がされているのに、シャツだけ着ているという状況《じょうきょう》は、全裸《ぜんら》より恥ずかしいと思うのは、俺だけだろうか。

「あ、アル、ちょっと待って……っ」

とりあえず、自分でボタンを外そうとしたけれど、指が上手《うま》く動かない。

じれったい思いをしていると、アルが俺の腕《うで》を取った。

「……アル？」

ボタンを外してくれる気なのだろうかと思ったのだけれど、手首を顔の横に押さえつけるようにされて、俺は首を傾《かし》げてアルを見つめる。

アルはそんな俺ににっこりと微笑んで……。

「んっ……んっ、あ」

シャツの上に落ちたアルの唇は、尖っていた場所を正確に捉《とら》えた。

思わぬ事態に、俺はビクリと身を竦《すく》める。

「や、な、なんで…っ」

脱がしてくれるのではなかったのかと問いかける間もなく、アルはシャツの上からそこを舌で突《つ》いた。

「あっ…あ…ぁっ…」

舌で濡らされる感覚も、シャツがあるせいでいつもとは全然違う。

「赤くなっているのがわかりますか？」

言われてそこを見ると、顔を上げたアルの下で、確かにその部分は赤く透《す》けていた。

もちろんそれは何度も弄《いじ》られて充血《じゅうけつ》したせいなのだけれど……。

「……赤くなって恥《はじ》らっているのに、尖って触《ふ》れて欲しいと言っているでしょう？」

そんな風に言われるとものすごくいやらしいことになっている気がして、顔が熱くなった。

「そ、…ち……ちが…っ」

違うと、そんなことはないと言いたいのに、舌が縺《もつ》れたようになって上手く動かない。

アルの手が俺の手首から離《はな》れて、その透けた部分を人差し指でそっと突《つつ》く。

「ん、……あぁっ」

その上濡れた布地ごと乳首を捻《ひね》られて、俺はいつもとはまったく違う感覚に高い声を漏《も》らしてしまう。

「ほら、こちらも……」

アルはまだ一度も触れられていないほうの胸に手のひらを置いて、軽くシャツを引っ張った。

「あ……」

俺はアルの言いたいことに気付いて、うろたえる。

一度も触れられていないはずのそこが立ち上がって、うっすらとシャツを持ち上げていたからだ。

「触《さわ》って欲しいのでしょう？」

低くささやくような声で訊《き》かれて、顔を覗き込まれる。そのグリーンの瞳《ひとみ》に魅入《みい》られるように、俺はこくりと頷いていた。

なぜだろう？　いつもそうだ。最初のときから、この目に覗き込まれるとなぜかノーとは言えなくなる。

ぼんやりとそんなことを考えながら、口を開く。

「触って……ください」

アルの指はシャツの上からそっとそこに触れた。

「あ……ぁ……」

ゆっくりと円を描《えが》くようにして、押しつぶす。けれど乾《かわ》いた布越《ぬのご》しの快感はもどかしく、腰《こし》がもぞもぞと動いてしまう。

アルはそんな俺に気付いているだろうに、そのままシャツ越しの愛撫《あいぶ》を繰《く》り返した。

「あ……や……っ…アルっ」

濡《ぬ》れているほうにも、そのほかの場所にも触れないまままた繰り返されるそれに、俺は耐《た》えられず頭を振《ふ》る。

「カズサ、して欲しいことがあるならどうぞ言ってください」

「っ……」

優《やさ》しい口調で、そんな風に意地の悪いことを言われて俺は言葉に詰《つ》まった。

……ひょっとして、アルって結構性格が悪い？

「カズサ？」

促《うなが》すように名前を呼ばれて、俺はアルを軽く睨んだ。

「そんな可愛い顔をしても駄目《だめ》ですよ。……ほら、言って」

「あっ……」

布越しに乳首《ちくび》を摘《つま》まれて、一瞬《いっしゅん》だけ強い快感が走る。けれど、それは本当に一瞬で、そのせいで逆に我慢《がまん》できないような気持ちになる。

もっと、気持ちよくなりたい……。そんな気持ちが抑《おさ》えられなくなる。

「直接……直接触って…気持ちよくして…っ」

「わかりました。カズサのお願いだったら、なんでも聞いて差し上げますよ」

アルは俺のシャツのボタンを一つ一つ丁寧《ていねい》に外すと、そっとシャツの袷《あわせ》を開いた。

「指がいいですか？　それとも——ここにもキスを？」

　言葉の合間に、ちゅっと、唇にキスが落ちる。

「……キスして」

「本当にカズサはキスが好きですね」

　くすりと笑って、アルの唇が、さっきシャツ越しに濡らしたのとは逆の乳首に触れる。ちゅっと軽く吸われてから、ねっとりと舌で弄られた。やっと与《あた》えられた鋭《するど》い快感に、下肢《かし》が熱くなるのがわかる。

「あ、あ……ぁっ」

　もう片方の乳首を指先で捏《こ》ねるようにされると、濡れているせいかそちらも舌でされているみたいに感じてしまう。

「んっ、あ……あ…んっ、や…ぁっ」

　指が乳首を摘むのと同時に、もう一方に軽く歯を立てられた。その上軽く引っ張られて、俺は嫌《いや》だというように頭を振る。もちろん、そんなことをしても顔を伏《ふ》せているアルには見えないのだけれど。

　アルは指で摘んだほうの乳首をくりくりと捩《ねじ》るようにしながら、空いているほうの手をゆっくりと足の奥へと伸《の》ばす。

「あ……」

アルの指が、今日はまだ触れられていない場所をゆっくりと撫《な》でた。

触れられて初めて、そこが濡れていることに気付く。さっき放ったときのものか、そうでなければ、再び立ち上がってしまったものから零《こぼ》れたのだろう。

「あぁっ……あ……あっ」

乳首を軽く甘噛《あまが》みされるのとほぼ同時に、アルの指の先が中へ入り込んでくる。

アルはその指をゆっくりと奥まで入れて、そのあとは特に動かさないまま、胸への愛撫だけを繰り返した。

こんな風に胸ばかり弄られて、深い快感を覚えていることが恥《は》ずかしく、けれどやめて欲しいとは思えなくて……。

そうしているうちに俺はいつの間にか、快感を覚えるたびに体の奥がアルの指を締《し》め付けてしまっていたことに気付いてうろたえた。

締め付けては緩《ゆる》め、また締め付けて……。繰り返すうちに、だんだんとその部分に疼《うず》くような快感が溜《た》まっていく。

ただ入っているだけで動かないそれが、もどかしくて……。

「腰が動いていますよ」

楽しそうに指摘《してき》され、俺は顔が熱くなるのを感じた。

「ここを弄って欲しいのでしょう？」

う。

「あぁんっ」

ここ、と言うのと同時に中でぐりっと指を動かされて、俺はとろけ切った悲鳴を上げてしま
「ほら……中はもうこんなに軟《やわ》らかくなって…」

「あ、あっ、んんっ」

指を抜《ぬ》き出されると、首筋がぞくぞくするような快感が走った。

そして、その快感が収まらないうちに、二本に増えた指が入り込んでくる。

「ああっ……」

痛みは少しもなかった。ただ、ねっとりと絡《から》みつくような快感だけがある。

ゆっくりと抽送《ちゆうそう》される指を、ぎゅっと自分のそこが締め付けるのがわかった。けれど、アルの指はどんなに締め付けても、その間を割り広げるように容赦《ようしや》なく穿《うが》つ。

その上、指の動きと連動するように乳首を擦《こす》られて、さっきいったきり触れられていないものから、とろりと雫《しずく》が滴《したた》ってしまう。

「私の指を美味《うま》そうに飲み込んでいるのがわかりますか？」

「あっ、あんっ……やだ…ぁっ」

指を中で広げるようにされて、その間を埋《う》めるように指が増やされた。指を中で曲げられて前立腺《ぜんりつせん》を押されると、そこがひくひくと蠢《うごめ》くのがわかる。

「このまま指だけでいきますか？」

「そ、なの……あ、だめっ……アル…っ」

自分一人だけがいかされるのはもう嫌だった。

それに、違《たが》うことなく前立腺に触《ふ》れてくる指先に惑乱《わくらん》されて、体はもっと奥まで入れて欲しくなっている。

「ひぁっ……やっ、だめっ、だめっ」

頭を振る間にも中を刺激《しげき》されて、涙《なみだ》が目尻《めじり》を滑《すべ》り落ちた。

「何が駄目なのですか？　カズサ」

その問いに、アルの求める言葉を知って俺は即座《そくざ》に口を開く。

「あ……っ、アルの…欲し……ぃ」

恥ずかしいとか、考えている余裕《よゆう》もなかった。

アルは満足げに頷《うなず》くと指を抜いて、俺の右足を持ち上げる。

ずっとソファの下に投げ出されていた足は痺《しび》れたようになっていたけれど、ふくらはぎにキスされると、つま先が小さく揺《ゆ》れた。

左足を背もたれの上に乗せられると、腰が浮《う》き上がる。

「カズサ……愛しています」

「あ…っ…あぁっ…」

アルのものがそっと押し付けられて、ゆっくりと体の中に入ってきた。

「ああ、そうだ」

指では届かなかった奥のほうまで入り込んだと思ったら、すぐに抜き出されてアルを見上げる。

「や…なんで……？」

「一つ、確認《かくにん》したいのですが」

「確認……？」

この状態で？　俺は信じられない気分で目を見開いた。

「ええ」

「な…に？」

頷かれて俺はじれったさに体を揺らす。確認するならするでいいから、さっさとして欲しくて。

アルはそんな俺を見て、入口につい今まで入れていたものを擦り付けた。

「ん、も……なんでもいいから、…は、やく…っ」

触れるのに入ってこないそれに、俺は結局そう口にしてしまう。

もう何も考えられなかった。とにかく最後まで、行き着くところまで行くことしか……。

「では、私と一緒《いっしょ》にニューヨークへ行っていただけますか？」

「行く、どこでも行くから……っ」

何も考えずに言葉尻だけ捉《とら》えて頷く。

「ひぁ…あぁっ」

自然に閉じようとした場所に突《つ》き入れられて、奥まで一気に満たされた。途端《とたん》に、限界まで張り詰《つ》めていたものが弾《はじ》けて、腹を濡《ぬ》らす。

「う、そ……っ」

俺は自分の反応が信じられなくて目を瞠《みは》った。

「まだ入れただけなのに……」

アルはそう言って俺の出したものに指を滑らせる。

ぬるりとしたものを広げるようにされて、いったばかりで敏感《びんかん》になっている体が波打つ。

「本当に敏感で……可愛《かわい》らしい体ですね」

「は…っ、あっ…ん…っ、んっ、あ…まだ…っ」

くちゃりと濡れた音を立てて、手のひらが腹筋を撫でる。そして、同時にゆっくりとした抽送が始まった。

体はどこもかしこも尖《とが》っているんじゃないかと思うくらい敏感で、あまりの快感に次から次へと涙がこめかみを伝う。

「やっ…あ…あんっ…あぁ…」

抽送は次第《しだい》に速くなり、やがてがくがくと揺さぶられるような激しい律動に変わった。

何度も何度も奥を抉《えぐ》られて、また立ち上がってしまう自分のものが信じられない。

それどころかアルの指が先端《せんたん》に触れると、とろりと透明《とうめい》な先走りが零れだした。

「だめ……あっ……いくっ……もう……あっ……いっちゃうから……っ」

触《さわ》らないでと、怖《こわ》いと、何度も口にした。

おかしくなるとか、死ぬとかも言ったかもしれない。

けれど、アルはそのまま俺のものを擦りたてて……。

「カズサ……っ、カズサっ」

「あっ、ああっ、あぁ――……っ」

アルのものが体の中を濡らしたのを感じて、俺もまた放っていた。

ぐったりと体から力を抜いて、俺は目を閉じる。

酩酊《めいてい》しているときのような奇妙《きみよう》な浮遊感《ふゆうかん》を感じながら、荒《あら》い呼吸を繰《く》り返した。

しばらくして呼吸が落ち着くと、中に入っていたアルのものがゆっくりと引き抜かれる。

体がぴくりと反応したけれど、指先を動かすことすら億劫《おっくう》で俺はそのまま動かなかった。

「とても素敵《すてき》でしたよ」

そんな恥《は》ずかしい台詞《せりふ》とともに額や頬《ほお》にキスを落とされて、顔が熱くなる。

俺が聞こえなかった振りで、目を閉じたままでいると、アルは黙《だま》ってもう一度キスをしてソファから離《はな》れたようだった。

ドアの開閉音と何かが絶えず落ちるような低い音が聞こえてくる。疲《つか》れ切っているせいか、それが何かを確かめる気にもなれない。

けれど、このまま寝《ね》てしまおうかと思ったそのとき、不意に抱《だ》き起こされて、俺は慌《あわ》てて目を開いた。

「ちょっ…アル？」

「ああ、起きていたんですか？　ちょうどいい。このまま一緒に風呂《ふろ》に入りましょう」

にっこりと微笑《ほほえ》んで、アルはぐちゃぐちゃになってしまった俺のシャツを脱がすと、俺を抱き上げてすたすたと歩き出した。

「え？　風呂って……」

眠《ねむ》りに入ろうとしていたせいか、それとも行為《こうい》の余波か、頭が上手《うま》く働かずにただ言葉を繰り返してしまう。

「この部屋の風呂はとても広いんですよ。せっかくですから、隅々《すみずみ》まで洗ってあげます」

アルはそんなことを言いながら、俺を抱いたまま開け放してあったドアを潜《くぐ》る。

その言葉通り、十分に広い風呂があった。

確かにこの広さだったら男二人でも大丈夫《だいじょうぶ》だろう。が。

「——お、下ろしてくださいっ、俺自分で洗いますからっ」

先日、船室にあった風呂でアルにされたことを思い出して、俺は慌ててそう言った。中に出したのは自分だと言われて、指を入れられて洗われたことは、できれば思い出したくないほど恥ずかしい記憶《きおく》だ。

「そうですか？」

アルはそう言うと、バスルームの床《ゆか》に俺を下ろした。俺はほっとしたけれど、すぐによろけてアルに抱きとめられてしまう。

「す、すみませ……」

「ほら、やはり危険です。それに……」

「わ、ちょっと！」

アルの胸に手を突いて離れようとした途端、ぎゅっと抱きしめられて尻を撫《な》でられた。

「本当にここを自分で洗うことができますか？　自分で指を入れて？」

「で、できますっ…だから、離してくださいっ」

睨《にら》みつけると、アルは少し考えてからにこりと微笑んだ。

「離す前に、どうやるのか教えてあげましょう」

「え？　ひゃっ…ぁ…っ」

言われたことの意味を俺が理解するより早く、ぐいっと両手でそこを開かれて、中からさっき出されたものが零れそうになる。

「まずは一本だけ、指を差し入れて……デリケートな場所ですからね」

「あ……」

言葉と同時に、入口の部分をそっと撫でられて体が震《ふる》えた。

けれど、教えるというのは本気だったのか、言葉とは違《ちが》ってその指は中に入ってこようとはしない。ただ、表面を撫でるだけだ。

「万が一にも傷つけたりしないように慎重《しんちょう》に。一本が奥まで入ったら慣れるまではゆっくり動かして……続いて二本目。カズサのここは柔《やわ》らかいですから大丈夫だとは思いますが、少しでもきついと感じたら焦《あせ》らずに入口を揉《も》み解《ほぐ》すようにして……綻《ほころ》んでくるのを待って」

「は……っ……ん……」

指は入ってこないけれど、撫でられているうちにそこが少し開いて、アルの指が引っかかるようになってしまうのがわかった。

零《こぼ》れだしたものが指に絡《から》んでくちゅりと音を立てる。

「そっと二本目を差し込みます。急に動かしてはだめですよ。ゆっくりと、です。奥まで入れて……」

「……ぅ……っく」

アルの指が入口に触《ふ》れたまま止まる。入ってこないものを求めるように、そこがひくひくと開閉を繰り返してしまう。

アルだってそれはわかっているだろうに、指はそこから動かない。

「中で指を広げるようにして、お腹に力を入れます。――ほら、ここですよ。ここに力を入れるんです」

尻《しり》に触れていた手を片方だけ離して、アルが俺の腹をそっと撫でた。

「あっ、あん…っ」

些細《ささい》な刺激《しげき》だったのに、思わず高い声を上げた俺をアルが笑う。

「だめですよ、そんな可愛い声を出しては……また抱きたくなってしまう」

耳の下に口付けられて、もともと限界だった足ががくりと崩《くず》れた。

「や…っ、あぁっ」

俺はアルにしがみつくようにして身を震わせる。

アルが支えてくれているから、倒《たお》れることはなかったけれど、入口に触れたままだった指がその弾《はず》みで中に入ってしまったのだ。

「ああ、すみません」

「やっ」

くすりと笑ってアルが抜《ぬ》こうとした指を、俺はぎゅっと締《し》め付ける。

「抜かないで……っ」

――恥ずかしいことを言っている自覚はあった。

けれど、散々焦《じ》らされたそこは、もう我慢《がまん》ができないくらい疼《うず》いていて、ようやく入ってきた指にぎゅっと絡み付いてしまう。

「どうしたいのですか？」

絶対アルの陰謀《いんぼう》だと思うけれど、こうなってしまったら仕方がない。

「もっと……奥まで……」

「こうですか？」

「あっ、あぁ……」

ずるりとアルの指が中に埋《う》められる。けれど、指は奥まで入ったきりまた動きを止めてしまう。

「や……ぁっ……なんで……？」

「奥まで入れて欲しかったのでしょう？」

耳元でささやかれて、なんでセックス中のアルはこんなに意地が悪いのだろうと、歯嚙《はが》みしたい気分になった。

「中……かき混ぜて……」

「かき混ぜて……？　この指で？　それだけでいいのですか？」

「あっ、は……っ」

そのかすような言葉と同時に、中をぐるりと指で混ぜられる。

けれど、さっきまでアルのものを飲み込んでいた場所は、それだけじゃどうしても物足りなくて。

「アル……アルを……入れて」

力の入らない足の代わりに両腕《りょううで》でぎゅっと抱きつく。腹の辺りにアルのものが当たる。それはもう十分に硬《かた》くなっていた。

「素直《すなお》なカズサはとても魅力《みりょく》的ですよ」

アルが俺を抱きしめたまま二歩ほど進むと、背中が湯気で湿《しめ》った壁《かべ》に当たる。

「もちろん、そうでないときもとても可愛《かわい》らしいですけれど」

左足を持ち上げられて、完全に壁に背中を預けるような体勢になる。

開いた足の奥から、アルの出したものが零れ出したけれど、すぐにそこを塞《ふさ》ぐようにアルのものが押し付けられた。

「ああ…っ」

幾分《いくぶん》性急に入り込んできたものに体の奥まで暴《あば》かれる。痛みはまったくない。

自分の重みのせいか、それとも体勢のせいなのか、今までよりももっと奥まで満たされている感じがした。

そのまま奥を突《つ》くように、揺《ゆ》すり上げられる。

「あ、あっ、ふ…ぅっ」

苦しい体勢だけれど、それに勝《まさ》る快感があった。

腹が圧迫《あっぱく》される感じとか、足の付け根の引きつる痛みだとか、そういうものも全《すべ》て快感の中に溶《と》け込んでいる。もう、快感の一部になっている。

……全部一つになるのだろうか。

ただ、アルにゆっくりと揺さぶられて、快感に溺《おぼ》れながら不意にそんなことを思った。全部、痛みとか快感とかだけじゃなくて。体とか心だとかそういうものも全部。

急に胸が熱くなった。

セックスをして一つになるとか、そんなの馬鹿《ばか》げた幻想《げんそう》だと思っていたのに……。

「アル…っ……アルっ」

いつの間にか緩《ゆる》んでいた腕《うで》に力を入れて、アルの唇《くちびる》にキスをした。アルの動きがさらにゆっくりとしたものに変わる。

キスが深くなる前に唇を離《はな》してアルを見上げると、情欲の滲《にじ》んだグリーンの瞳《ひとみ》が俺を見下ろしていた。

「…どうかしましたか？」

それなのに言葉はどこまでも穏《おだ》やかで優《やさ》しい。

そのギャップに俺がくすりと笑うと、アルはそのきれいな目を見開いた。

「好き……」

目がますます大きくなって、また笑ってしまう。

「……カズサ？」

「まだ、言ってなかったと思って……」

言ってみたくなったのだ。

アルはしばらくそのまま俺を見つめていたけれど、何度か瞬《まばた》きを繰《く》り返したかと思ったら
――。

「あっ！　んっ…んんっ」

体の中に入ったままだったアルのものが急に大きくなったのと、キスが落ちてきたのは、ほぼ同時だったと思う。

舌の付け根が痺《しび》れそうなくらい強く吸われて、口内をぐちゃぐちゃにかき混ぜられる。

「ひぁっ」

すると今度は唇が離れたのと同時に、アルのものが引き抜かれ、体をひっくり返された。

「あぁっ、やっ……あっ」

壁に手をつくような恰好《かっこう》で、腰《こし》だけを引きつけられて、アルのものが入り込んでくる。

足に力が入らないのは変わらず、ずるずると壁にすがるように体が崩れた。そのせいで一度アルのものが抜けそうになったけれど、そのまま腰を支えられて、再び奥まで突き入れられる。

「あっ、ああっ、は…っ、あ……っ」

「カズサ……カズサっ」

アルの声が俺の名前を何度も呼ぶ。それしかないみたいに。

加減ない律動に、体の奥がとろけてしまいそうになる。

もっとずっとこうしていたい。そんなことすら考えた。けれどそんな風に快感だけを与《あた》えられて長く持つはずもない。

「だめっ…も…あっ、や……っ、いくっ」

終わらせたくなくて、頭を振るけれど体はもう限界で。

「カズサ……っ」

アルが一際《ひときわ》奥を擦《こす》り上げた瞬間《しゅんかん》、俺は全てが溶けるような絶頂へと駆《か》け上がっていた……。

◆

「……？」

なんとなく耳鳴りのような音がして、目が覚めた。

目は開けたものの、状況《じょうきょう》がつかめずぼんやりしてしまう。辺りは暗く、何も見えない。

何があったのか思い出そうとして、俺は体を起こした。

「目が覚めましたか？」

途端《とたん》、近くから聞こえたのがアルの声だったことにほっとする。

ついさっき、こんなやり取りをしたような気がするな、と思いつつ頷《うなず》いた。

「体調はどうですか？」

心配そうな言葉に、自分がバスルームで意識を失ったらしいと気付く。行為《こうい》のあと疲《つか》れてそのまま寝《ね》てしまったときとは違《ちが》って、完全に記憶《きおく》が途切《とぎ》れていた。

では、ここはホテルなのだろうか？　それにしては少し様子がおかしいような……と俺は内心首を傾《かし》げる。

「まだ当分かかりますから、眠《ねむ》いなら寝ていていいんですよ？」

「いえ、もう大丈夫《だいじょうぶ》です」

当分かかる…ということは移動中なのか？

どれくらい寝ていたのかわからないけれど、質のいい睡眠《すいみん》が取れていたらしく、まだぼんやりしているものの眠気《ねむけ》はすっかりなくなっている。

「それより、ここは……？　まだ当分って……どこへ向かっているんですか？」

「ニューヨークです。あと二時間ほどでアラスカ上空ですね」

「————は？」

ニューヨーク？　アラスカ？　というか、上空!?

「って、まさか…あ、明かりは」

そう言うとぱっと、室内が明るくなった。

眩《まぶ》しくて思わず目を閉じたけれど、早く現状を確認《かくにん》したくて何度も目を瞬かせる。

なんとか開いた目に映ったのは、予想外の光景だった。

俺が寝ていたのはソファのような横長の座席で、それと向かい合わせに設置された肘掛《ひじかけ》つきの座席にアルが座っている。

このほかにも座席はいくつかあるけれど、全てベージュの革張《かわば》り。

ソファのように横長に設置されているものはこれ一つで、あとはテーブルに向かい合わせに設置されていたり、窓際に一人掛けの物があったりと変則的だ。

少なくとも俺の視界に入る分の座席は空で、左右には丸い窓が並んでいる。

まるでホテルのラウンジのような造りだけど……いやでも、上空というからには……。

「よくわからないんですが…飛行機の中なんですか？」

「ええ」

「なんでそんな――……あっ」

大きな声を出してしまったことに気付いて、慌《あわ》てて口元を押さえた。

アルはそんな俺の様子ににっこりと微笑《ほほえ》む。そして、ゆっくりと立ち上がると俺の隣《となり》に腰を下ろした。

「気を遣《つか》わなくても大丈夫ですよ。ほかにはパイロットしか乗っていませんから」

って…………まさか貸しきり？

というよりむしろ、この見慣れない座席の設置の仕方からすると……。

「自家用ジェットとか言いませんよね？」

「自家用です。といっても、私のではなく兄のものですが」

いや、私とか兄とかじゃなくて。……自家用なのか。

「私は船のほうが好きですが、兄は空専門なんです。今回は船では時間がかかりすぎるので借りてきました」

「はぁ……」

もう、どこから何を突っ込んでいいのかわからず、俺は曖昧《あいまい》に頷いた。

船にしろジェットにしろ、普通《ふつう》はそう簡単に貸し借りできるものでもないだろう。持ってるほうがおかしい。

って、いや待て、そうじゃないだろう。問題はこれが自家用かそうじゃないかではなく。

「なんで俺、乗ってるんですか？」

根本的な質問をする俺に、アルは動じることなくいつも通りの微笑《びしょう》を浮《う》かべる。

「私と一緒《いっしょ》にニューヨークに行ってくれると言ったでしょう？」

言っただろうか？

――言ったかもしれない。そう言われてみれば、うっすらそんな記憶もある。

「けど、こんないきなり……。大体、俺の荷物とか――あ、パスポートとかはどうしたんですか？」

いくら自家用ジェットでも、パスポートはいるんじゃないのか？　よく知らないけれど。

「もちろん、ここにあります」

そんな笑顔《えがお》で言われても……。俺は怒《おこ》ればいいのか呆《あき》れればいいのかもわからずに、ただため息をついた。

「といっても不法侵入《しんにゅう》したわけではありませんよ。カズサのマンションに着いたとき、一度起こしたのは覚えていませんか？」

「あ……目が覚めたか、って訊《き》かれた気は……します」

起きたとき『さっきもこんなことがあった』と感じたのは、夢でもデジャビュでもなく本当だったらしい。

「鍵《かぎ》がポケットに入っているからと、カズサが自分で言ったんですよ」

それは覚えていなかったけれど、ありえない話ではない。

実際、飲み会のあとなどには、そういうことも何度かあった。

「あ、服」

そう考えてから、はっとして見下ろせば、シャツ以外は自分で着ていたもののままのようだった。

「あぁ、シャツは着られる状態ではなかったので、私のほうで用意させてもらいました」

「そ、それは……っ……ありがとうございます」

ぐちゃぐちゃになってしまっただろうシャツのことを思い出して、俺は熱くなった顔を隠《かく》すように俯く。

「荷造りはと訊いたら、段ボールがどうのと言っていたのですが、よくわからなくて……すみません。幸いパスポートは、すぐに見つかったのでそれだけはと思いまして」

どうも引越《ひっこ》しの準備をしていたことを、寝ぼけて口にしたらしい。

「ほかの荷物については、必要なものを言ってもらえれば送らせます。安心してください」

「――……そうですか」

そこまで聞いて、俺は再び深いため息をついた。

それ以外にできることがあれば、教えて欲しいくらいだ。

自業自得《じごう》とはいえ、微妙《びみよう》に納得《なつとく》がいかない気もするが、こうして乗ってしまった以上引き返せと言うのもどうかと思う。

正直、日本に帰りたいとかそういう気持ちもなかったし。

ただ、なんとなく騙《だま》し討《う》ちにされたみたいなのが、複雑なだけで……。

「それで、これからのことですが……」

「あ、はい」

俺はアルの言葉に思わず姿勢を正した。

この前は、結局のところ行く気がなかったから、説明もおざなりに流してしまったから、今度はちゃんと聞いておかないと、と思ったのである。

「勝手ばかり言って申し訳ないのですが、船医のことは考え直していただけませんか？」

「え？　考え直すって……」

すっかり船医になるのだとばかり思っていた俺は、驚《おどろ》いて目を瞠《みは》った。

「誤解しないで欲しいのですが、あのときは、カズサのような医者が船にいてくれればすばらしいと思いましたし、今もその考えは変わっていません。ですが……」

「じゃ…なんで」

ですが、の続きを求めて俺は首を傾げる。

「今回は処女航海ということもあって、私もメリディアナに乗っていましたが、実際には私のオフィスはニューヨークにあります」

それは知っている。

だから、今ニューヨークに向かっているわけだし……。

「カズサと別れてから三日。たったの三日だとカズサは思うかもしれませんが、私にとっては人生で最も長い三日でした」

どきっとした。

――俺も同じだった気がしたから。

アルは、俺の目をじっと見つめて、再び口を開いた。

「カズサが船医になれば、船に乗っている間はずっと私はカズサに会うことができません。約百日間に及《およ》ぶワールドクルーズはもちろん、一週間――いえ、五日間のショートクルーズでさえ私は耐《た》えられないでしょう」

相変わらずのどこか芝居《しばい》がかった台詞《せりふ》。でも、俺はそれを笑う気にはなれなかった。

五日はともかく百日なんて、きっと俺だって耐えられないだろう。

自分に、仕事と恋《こい》を同じ天秤《てんびん》にかける日が来るとは思わなかった。俺にとってはいつだって、恋よりは仕事が優先されて当たり前だったのに。

まぁ、それでも仕事より恋だ、とまでは開き直れないけれど。

「できる限り一緒にいて、離《はな》したくない。許されるならずっとこの腕《うで》の中に閉じ込めておきたい。……恋人《こいびと》に対してこんな気持ちになったのは初めてです」

アルはそう言って、俺をぎゅっと抱《だ》きしめた。

誰《だれ》もいないとわかっていても、なんとなく気恥《きは》ずかしい気持ちがした。けれど、離してくれと言う気にはなれなくて、俺もその背中にそっと腕を回す。

「じゃあ、まず職場探しからですね」

俺がそう言うと、アルは抱きしめたまま首を横に振《ふ》った。

「でも……」

「オフィスのすぐ近くに叔父《おじ》が院長を務める病院があるので、そちらで働いてもらいたいのですが、どうでしょうか？　といっても、叔父は経営のみで、医者ではないのですが」

叔父が院長。

その言葉には驚いたけれど、自家用ジェット機にいきなり乗せられていたことに比べたらどうということもない気がした。

「……お世話になります」

ここまで来て遠慮《えんりょ》するのもおかしい気がして、俺はただそれだけを口にした。

「それと、もう一つ」

「なんですか？」

俺はもう、これ以上何を言われても驚かないぞと内心で臍《ほぞ》を固める。

「私の家にカズサの部屋を用意させているところなのですが、使ってもらえますか？」

そう言ったアルの声はどこまでも澄《す》んで明るく、とろけるように甘く響《ひび》いた。

イエス以外の返事がくるなんて、少しも考えていないというような、完璧《かんぺき》に幸福な声だった。

――……だからだろうか。

考えなければならないことはたくさんある気がしたのに、気付いたときにはただ黙《だま》って、深く頷《うなず》いていた。

「ありがとうカズサ」

そっと体を離されて、顔中にキスされる。

額に、瞼《まぶた》、頬《ほお》、鼻の頭。それから唇《くちびる》。

けれど、深くなるキスに溺《おぼ》れているうちに、アルの手がわき腹を撫《な》でた。

「っ…ちょっ…」

「我慢《がまん》できません。このままここで愛し合いましょう」

きっぱりと言われて、俺は顔が引きつるのを感じた。

「ま、待ってくださいっ！　そんな、だって、さっきあんなに……」

「さっきはさっき、今は今です。私はカズサとなら何度でも問題ありません。むしろずっと抱き合っていたいくらいです」

幸福そのもの、というような笑顔《えがお》のアルに、俺はただ頭を振ってあとずさる。

けれど、相手はそんな些細《ささい》な抵抗《ていこう》で引き下がるような人間ではなくて……。

――そうして、同居を承知するより先にまず、自分の体のことを心配するべきだったと、俺は心の底から思い知らされたのだった……。

あとがき

はじめまして、こんにちは。天野かづきです。この本を手に取ってくださって、本当にありがとうございます。

今回の舞台《ぶたい》は豪華《ごうか》客船。船のオーナーであるアメリカ人の攻が、傷心の医者である受を口説いて口説いて口説きまくるお話です。

そしてこの本は……この本は——……恥《は》ずかしい攻の本です……。す、すみません。アルは初めての外国人攻だし、歯の浮《う》く台詞《せりふ》をいっぱい言わせようと思って頑張《がんば》ったのですが、歯の浮く台詞を、歯を食いしばって考えた結果がこれです…。すごく真面目《まじめ》に、めちゃめちゃ頑張って考えました。なのになのに……。うう……なんでこんなことに？　書きながら恥ずかしくて何度も叫《さけ》び出しそうでした。というか、校正で読み返したときは本当に叫びました。ぎゃあって感じです。

……読んでくださる方には、一紗の分も笑って突《つ》っ込《こ》んでいただければ本望《ほんもう》です（泣）。

　ところで、今回の舞台である豪華客船なのですが。

　わたしは一度も豪華客船に乗ったことがありません。どんなことが繰《く》り広《ひろ》げられているのかなと、色々調べてみたら、なんだかご飯がいっぱい食べられるところらしい、ということはわかりました。モーニングコーヒー、朝食、午前の軽食、ランチ、ティータイム、ディナー、そして夜食など。量も毎回食べきれないほど出るのだとか。それだけで「いいなぁ、乗ってみたい」と思いました(笑)。でも、なんだかすごく太りそう……。少なくとも、バイオリンのコンサートにいったり、ライブラリーで読書したりするくらいではこのカロリーは消費しきれないよなぁ、とか一紗の体重のことに思いを馳《は》せてみたりしました。

　さて、そんなこんなで今回もまた、担当の相澤さんには大変お世話になりました。台詞がおかしいだけでなく、ページも足りなかったりして、その上またしてもタイトルも考えていただいてしまいましたし……。本当にすみません。ものすごくありがとうございます。

　そして、今回もまたイラストを引き受けてくださった、こうじま奈月先生。本当にいくら感謝しても感謝しきれません。最初に送られてきたキャララフを見たとき、アルのあまりのかっこよさに倒《たお》れ伏《ふ》しました。わたしってこんなにかっこいい人にあんな台詞を…と思ったり、これだけかっこよければあんな台詞も許されるかもと思ったりしました。一紗も大人っぽくて、でもとっても可愛《かわい》らしくて……。本当に本当にありがとうございます。

最後になりましたが、ここまで読んでくださった皆様《みなさま》、本当にありがとうございました。少しでも楽しんでいただけましたでしょうか？　楽しんでいただけたなら、または笑っていただけたなら、それに勝《まさ》る幸福はありません。

それでは、皆様のご健康とご多幸、そしてまたいつかお目にかかれることを心からお祈《いの》りしております。

二〇〇五年十二月

天野かづき

KADOKAWA RUBY BUNKO

船上《せんじょう》ラブロマンスはいかが？

天野《あまの》かづき

角川ルビー文庫　R97-5　　14113

平成18年2月1日　初版発行

発行者——井上伸一郎
発行所——株式会社角川書店
東京都千代田区富士見2-13-3
電話/編集(03)3238-8697
営業(03)3238-8521
〒102-8177 振替00130-9-195208
印刷所——旭印刷　製本所——BBC
装幀者——鈴木洋介

ISBN4-04-449405-3　C0193　定価はカバーに明記してあります。

KADOKAWA RUBY BUNKO

角川ルビー文庫

いつも「ルビー文庫」を
ご愛読いただきありがとうございます。
今回の作品はいかがでしたか?
ぜひ、ご感想をお寄せください。

〈ファンレターのあて先〉

〒102-8177 東京都千代田区富士見2-13-3
角川書店 アニメ・コミック編集部気付
「天野かづき先生」係

年俸10億円プレイヤー×高校生の人生かけた恋愛バトル☆
只今、キミに求愛中！
三打席連続ホームランを打ったら、嫁決定。
試合に勝ったらエッチ一回!?
突然現れたプロ野球選手の鷹塚に「約束通り嫁に来いよ」なんて
言われた多貴だけど!?
天野かづき
イラスト／南国ばなな

ロマンティックな恋愛契約
次に守らなければお仕置きだ。
——覚えておきなさい。
水上ルイ
イラスト／こうじま奈月
両親を亡くし、たった一人の弟を守るため、陽汰は私立高校の学園長・真堂とある契約をすることになって!?